Der Löwe ist los

Max Kruse, 1921 in Bad Kösen geboren, ist der Sohn der berühmten Puppenschöpferin Käthe Kruse. Seinen Durchbruch als Schriftsteller erzielte er 1965, als sein erstes Kinderbuch *Der Löwe ist los* mit der Augsburger Puppenkiste verfilmt wurde. Am bekanntesten sind seine Geschichten um *Urmel aus dem Eis*. Heute lebt Max Kruse mit seiner Frau im Loisachtal bei München. Er wurde u.a. mit dem Großen Preis der Deutschen Akademie für Kinder- und Jugendliteratur ausgezeichnet und hat bislang mehr als 50 Kinder- und Jugendbücher geschrieben, die in zahlreiche Sprachen übersetzt wurden.

Max Kruse

Der Löwe ist los

Mit Illustrationen von
Horst Lemke

CARLSEN

Veröffentlicht im Carlsen Verlag
März 2004
Mit freundlicher Genehmigung des Thienemann Verlages

Umschlagbild: Horst Lemke
Umschlaggestaltung: Doris K. Künster / Britta Lembke
Corporate Design Taschenbuch: Dörte Dosse
Gesetzt aus der Sabon von Dörlemann Satz, Lemförde
Druck und Bindung: GGP Media, Pößneck
ISBN 3-551-35321-2
Printed in Germany

»Erzähl mir die Geschichte von dem Löwen, der aus dem Zoo ausbrach und alle Menschen erschreckte!«

»Du meinst den Löwen aus dem Tiergarten der kleinen Stadt Irgendwo? Der ausbrach, um wieder in seine Heimat nach Afrika in den Urwald zu kommen, als Dok ...«

»Wer ist Dok?«

»Der Tierarzt, der täglich nachsah, ob der Löwe und all die anderen Tiere noch gesund waren.«

»Ach so!«

»... als Dok vergaß den Riegel seines Käfigs zuzumachen. – Den Löwen, der so viele Abenteuer erlebte?«

»Ja, den meine ich!«

»Na warte, dann hör zu ...«

I. Teil: Der Löwe ist los

Man steht auf

Pips hatte die ganze Nacht nicht geschlafen, weil sie sich so auf den Ausflug freute.

Schon früh weckte sie ihren Bruder Kim.

»Kim!«, sagte Pips.

»Mm«, brummte Kim.

»Wach doch auf! Können wir jetzt endlich spazieren gehen?«

»Wenn die Sonne scheint«, brummte Kim.

»Woran erkennt man das?«, fragte Pips.

»Daran, dass die Vögel singen.«

»Die Vögel singen«, sagte Pips und sprang aus dem Bett.

Kim stand auch auf. Er versuchte, ob man sich ungewaschen anziehen könnte.

Als er merkte, dass die Kleider nicht an ihm festklebten, trällerte er ein kleines Morgenlied.

»Du musst dich waschen!«, sagte Pips.

»Wieso muss ich?«

»Man muss eben!«

Also steckte Kim seine Nasenspitze in die Waschschüssel und gurgelte auch noch die erste Zeile von »Hänschen klein«.

Pips hatte inzwischen den Frühstückstisch gedeckt.

»Ob man vor dem Ausflug wohl ein Brot mit Marmelade oder eins mit Honig isst«, wollte sie wissen.

»Eins mit Marmelade und eins mit Honig«, sagte er. »Zwei Brote sind bestimmt besser vor einem Ausflug.«

An der Tür scharrte es. »Das ist Wu«, sagte Pips. »Er weiß, dass es Frühstück gibt. Guten Morgen, Wu« – sie öffnete ihm die Tür –, »hast du gut geschlafen?«

»Wu«, machte Wu, »so gut man vor einem Ausflug schlafen kann.«

»Eilt euch, es wird Zeit«, sagte Pips. »Und wo ist Kater Schipp?«

»Wo soll er schon sein?«, brummte Wu. »Bestimmt vorausgelaufen. Er kann es ja immer nicht erwarten. Wahrscheinlich sitzt er auf dem Geländer von Herrn Dreipfennigs Brücke.«

Pips setzte gerade ihren schönen großen Hut auf,

als Frau Wisstihrschon, die Nachbarin, zitternd wie ein Schachtelhalm ins Zimmer trat.

»Wisst ihr schon, wisst ihr schon«, rief sie ihnen zu. »Der Lölölölöwe ist los!«

»Was ist los?«, fragte Kim.

»Der Lölölölöwe«, stotterte Frau Wisstihrschon. »Er hat sich in der Nacht losgerissen aus dem Zoo und hat alle Wärter aufgefressen und die Straßenbahn umgeschmissen und alle Würste gestohlen und alle Leute verjagt und ist jetzt unterwegs irgendwohin.«

»Der Wer?«, fragte Pips.

»Der Lölölölöwe«, sagte Frau Wisstihrschon, »ein richtiger, großer afrikanischer Busch-Riesen-Antilopen-Menschenfresser-Löwe. Und ein Löwenfänger aus Afrika ist auch schon unterwegs, um den Löwen wieder einzufangen. Heute Morgen haben sie es im Radio gesagt.«

»Haben sie auch gesagt, ob Löwen nur Riesen, Antilopen und Menschen fressen oder auch Hunde?«, fragte Wu.

»Natürlich auch Hunde«, sagte Frau Wisstihrschon.

»Das dachte ich mir«, knurrte Wu. Er sah zum Fenster hinaus und sagte besorgt: »Ich glaube, es gibt Regen!«

»Natürlich können wir nun nicht spazieren gehen«, sagte Kim.

»Ich möchte bloß wissen«, sagte Pips, »was diesem Löwen einfällt mir meinen Ausflug zu verderben.«

»Nicht zu ändern«, sagte Kim. »Frau Wisstihrschon, darf ich dich zu einem Honigbrot einladen?«

»Ich habe zwar schon gefrühstückt«, sagte Frau Wisstihrschon, »aber ich glaube, ein kleines Honigbrot hätte noch Platz.«

»Was meinst du«, fing Pips wieder an, »wenn ich zehnmal im Garten herumginge, ob das so gut ist wie ein Spaziergang?«

»Es wäre besser, du bliebest im Zimmer«, sagte Kim.

»Sicher wird es Regen geben«, meinte Wu.

»Ich komme schon gleich zurück«, sagte Pips und ging in den Garten, wo sie versuchte, ob zehnmal herumgehen genauso gut wie ein Spaziergang ist.

Jemand lügt und Pips ist leichtsinnig

»Hallo!«, rief jemand am Zaun.

Ich glaube, Löwen sagen nicht erst hallo, wenn sie einen fressen wollen, dachte Pips und sagte auch »hallo«.

»Ich heiße Tralala«, sagte der Jemand am Zaun, der ein hübscher Junge war.

»Das ist ulkig«, sagte Pips. »Ist das dein Wagen?«

»Das ist mein italienischer Name«, sagte Tralala. »Tralala ist italienisch, das andere ist mein Wagen. Möchtest du darin fahren? Ich zieh dich.«

»Ich möchte schon«, sagte Pips, »aber was sagt der Löwe dazu?«

»Vor dem Löwen brauchst du keine Angst zu haben, die haben wir in Italien als Haustiere. Ich weiß, was man zu ihnen sagen muss, damit sie Pfötchen geben.«

»Was denn?«, fragte Pips.

»Das darf ich nicht verraten«, sagte Tralala. »Steig ein!«

Pips stieg ein und Tralala zog sie.

Es ist angenehm, zehnmal im Garten herumzugehen und den Sonnenschirm zu drehen und ein Liedchen zu singen und zu versuchen, ob das genauso gut wie Spazierengehen sei, angenehmer ist es, einen richtigen Ausflug zu machen, so über Tal und Hügel, aber am angenehmsten ist es, einen Ausflug gefahren zu werden. Das fand auch Pips und lehnte sich weit in die Kissen zurück und drehte ihren Sonnenschirm.

Tralala zog sie und dachte: Schade, dass nicht

alle Leute sehen, was für ein nettes kleines Mädchen ich ziehe. Und dann dachte er noch, was für eine unangenehme Sache es sei, gesagt zu haben, man wüsste das Wort, auf das die Löwen Pfötchen geben, und es doch nicht zu wissen. Und dann guckte er in den Himmel, ob es nicht vielleicht Regen oder etwas geben würde, was kleine Mädchen auf Ausflügen nicht mögen, und dass sie deshalb in einem freundlichen Gasthof einkehren könnten, bis der Löwe gefangen sei.

Ungefähr etwas ganz Ähnliches dachte auch Marke, der Postbote, als er so allein die Landstraße entlangging. Er dachte nämlich, ob man wirklich, wenn Löwen herumgehen, auch Post austragen müsse.

Er hatte einen Brief an Kim und Pips in der Tasche.

Schon von weitem sah er Tralala mit dem Wagen herankommen und dachte: Jetzt hat man den Löwen gefangen und fährt ihn in einem Wagen zum Zoo zurück.

Und als der Wagen näher kam, dachte er: Aber hoffentlich hat das Gitter keine Löcher, und als der Wagen noch näher kam, sagte er: »Guten Tag, Pips.«

»Guten Tag, Marke«, sagte Pips. »Dies ist Tralala.«

»Guten Tag«, sagte Marke.

»Hast du zufällig einen Brief für mich?«, fragte Tralala. »Ich erwarte einen Brief, dass ich ganz dringend nach Italien zurückmuss!«

»Leider nicht«, sagte Marke.

»Du brauchst keine Angst zu haben«, sagte Pips zu Marke. »Tralala weiß das Wort, auf das die Löwen Pfötchen geben.«

»Bist du sicher?«, fragte Marke hoffnungsvoll.

»Natürlich«, rief Tralala. »Du brauchst keine Angst zu haben.«

»Ach«, sagte Marke. »Dann würde es dir sicher Spaß machen, wenn du für mich die Post austrügest, ich könnte Pips solange in dem Bauernhof hinter der Mauer herumfahren.«

»Ich glaube nicht, dass mir Postaustragen Spaß machen würde«, sagte Tralala.

»Herumfahren oder herumgehen ist lange nicht so schön wie richtig ausgefahren zu werden«, meinte Pips. »Ich habe es heute Morgen schon in meinem Garten probiert.«

»Könnt ihr denn nicht zufällig euren Ausflug gerade dahin machen, wohin ich Briefe auszutragen habe?«, fragte Marke.

»Nein«, sagte Pips. »Wir fahren geradeaus. – Los, Tralala!«

Tralala zog und fuhr Pips geradeaus. Auch Marke ging weiter geradeaus, aber geradeaus andersherum, und so entfernten sie sich immer weiter voneinander.

Plötzlich blieb Marke stehen, schlug sich gegen die Stirn und sagte: »Donnerwetter, nun habe ich doch vor lauter Löwengesprächen vergessen Pips den Brief zu geben. Na, macht nichts, es ist sowieso besser, Kim bekommt ihn!«

Einer, der der Sache auf den Grund gehen will

Auf dem Feldstein saß der Rabe Ra und dachte nach. Ich hatte schon den ganzen Morgen so ein komisches Gefühl. Kein Wunder, wenn hier herum ein Löwe spazieren geht. Ich weiß zwar nicht, ob Löwen fliegen können, und wenn ich an den Kater Schipp denke, dann glaube ich, dass sie das nicht können. Aber all meine guten Freunde laufen auf der Erde herum und können auch nicht fliegen und der Löwe kann sie fangen. Kim sagt zwar, sie könnten fliegen, aber wenn es darauf ankommt, dann haben sie bestimmt gerade den Mensch-flieg-mal-Apparat nicht in der Tasche.

Ra plusterte sich. Ich muss Wu fragen, was Pfötchengeben bedeutet. Wenn Pfötchengeben bedeutet: »Löwe, jetzt hab ich dich«, dann ist es gut. Wenn es aber nur »guten Tag« bedeutet, dann ist es nicht gut. Es kommt darauf an, ob der Löwe schon gefrühstückt hat.

Er plusterte sich und flog zu Wu. Wie er aber so dahinflog, fiel ihm ein, dass er eben noch einmal bei Herrn Krume und Frau Blume vorbeihuschen könnte. Herr Krume und Frau Blume hatten eine Gärtnerei und da gab es gewöhnlich hübsche Dinge, die sich für ein zweites Rabenfrühstück vortrefflich eigneten. Er setzte sich auf den Zaun und schaute in den Garten.

»Guten Morgen, Ra«, sagte Herr Krume.

»Guten Morgen«, erwiderte Ra. »Ich sehe gerade zufällig in euren Garten, weil es zweite Frühstückszeit ist. Es würde euch doch sicher nichts ausmachen, wenn ich mir so ein paar Kleinigkeiten suchte.«

»Nicht im Geringsten«, sagte Frau Blume. »Suche dir nur, was du brauchst, dort wo Lämmchen angebunden ist.«

Frau Blume fuhr gerade die Schubkarre zum Komposthaufen und Herr Krume grub ein Beet um, als Ra sich plusterte und schrie: »Weiß einer das Wort, auf das Löwen Pfötchen geben?«

»Nein«, sagte Herr Krume.

»Warum?«, fragte Frau Blume.

»Der Löwe sitzt im Busch!«, schrie Ra. »Ihr müsst wegfliegen!«

Frau Blume ließ gleich ihre Schubkarre fallen und rannte, so schnell sie konnte.

Herr Krume lief hinter ihr her. Lämmchen zog an seinem Strick, aber es konnte nicht fort.

Es ist nicht nett, davonzulaufen und Lämmchen angebunden stehen zu lassen, dachte Ra. Ich muss ihm helfen. Er steckte seinen Kopf in die Gießkanne, damit es recht dumpf brummte, und rief, so laut er konnte: »Löwe, kannst du fliegen?«

»Nein«, sagte Löwe; er lag hinter dem Zaun und guckte in den Garten.

»Bist du ganz sicher?«, fragte Ra.

»Ja«, sagte Löwe.

Da zog Ra seinen Kopf wieder raus und flog dicht zu Löwe auf einen Baumstamm.

»Ich mache eine kleine Rast«, sagte Löwe, »und werde gleich wieder davontrotten.«

»Wenn du mir erklären könntest, wohin ungefähr du trotten wolltest«, sagte Ra, »dann könnte ich den Leuten vorher Bescheid sagen, damit sie dir was zu fressen vor die Tür stellen. Was frisst du am liebsten?«

»Raben«, knurrte Löwe.

Da bekam Ra einen solchen Schreck, dass er wie der Wind auf und davon flog.

Löwe sah ihm nach. Es muss lustig sein, so fliegen zu können, dachte er. Aber es wird das Beste sein, wenn ich hier weggehe, denn gesehen werden kommt gleich vor gefangen werden. Er drehte sich um und trottete davon.

Kim macht sich Sorgen

Frau Wisstihrschon hatte schrecklich viele Geschichten zu erzählen, aber Kim hörte nicht richtig zu. Er ging ans Fenster und sagte einmal »ach« und einmal »so«. Er guckte und guckte und Frau Wisstihrschon meinte: »Der Löwe machte also ...«, und Kim sagte: »Ich sehe aber gar nichts.«

»Gott sei Dank siehst du den Löwen nicht«, sagte Frau Wisstihrschon. »Vom Löwen gesehen und gefressen werden ist nämlich dasselbe.«

»Ich meine, ich sehe Pips gar nicht«, sagte Kim.

»Regnet es nicht vielleicht?«, fragte Wu.

»Ich konnte es mir gleich denken, dass dir meine Geschichten gleichgültig sind«, sagte Frau Wisstihrschon beleidigt.

»Doch, doch, rede ruhig weiter«, antwortete Kim am Fenster.

»Es regnet gar nicht, Wu«, wandte er sich zu Wu. »Du musst noch einmal mit mir hinausgehen und sehen, wo Pips steckt.«

»Hoffentlich war das Gartentor zu«, sagte Frau Wisstihrschon.

»Das Gartentor ist offen«, rief Kim vom Fenster aus. »Komm, Wu!«

»Ich fürchte«, sagte Wu, »offenes Gartentor bedeutet Löwe. Natürlich müssen wir Pips helfen, aber mir wäre es von Anfang an lieber gewesen, wenn es geregnet hätte, dann wäre Pips zu Hause geblieben.«

Kim ging in den Garten und stieg auf den Zaun, damit er weiter sehen konnte, und Wu setzte sich andersherum, damit er nicht sehen musste, wenn der Löwe käme.

Aber er hörte Schritte.

»Es kommt jemand«, rief er. »Ist es der Löwe?«

»Nein«, sagte Kim, »es ist Marke.«

»Guten Tag, Marke«, sagten Wu und Kim.

»Hast du Pips gesehen?«, fragte Kim.

»Ja«, sagte Marke, »unterwegs. Sie fährt mit Tralala spazieren.«

»Wer ist dieser Tralala?«, fragte Kim und runzelte die Stirn.

»Einer, der das Wort weiß, auf das Löwen Pfötchen geben«, erklärte Marke.

»Wenn Löwen genauso Pfötchen geben wie Wu«, meinte Kim, »dann geben sie es erst nach dem Fressen! Es ist besser, ich gehe, so schnell ich kann, hinter ihnen her. Wu soll auf das Haus aufpassen. Frau Wisstihrschon kann noch Honigbrote essen.«

»Könnte nicht Frau Wisstihrschon aufpassen und ich die Honigbrote essen?«, fragte Wu.

»Nein«, sagte Kim. – »Wo sind Pips und Tralala hingefahren?«

»Geradeaus andersherum«, sagte Marke. Dann ging Kim fort und Marke ging in die andere Richtung, damit einer bestimmt Pips fände. Plötzlich blieb Marke stehen, schlug sich gegen die Stirn und sagte zu sich: »Donnerwetter, jetzt habe ich doch vergessen Kim den Brief zu geben. Na, macht nichts, so eilig wird er wohl nicht sein. Er kriegt ihn, wenn wir Pips gefunden haben. Dann bekommen ihn alle beide gleichzeitig, das ist sowieso richtiger.«

Kaum waren alle weg, kam Ra angesegelt. Wu saß auf der Haustreppe hinter der Tür und passte auf das Haus auf. »Wu«, sagte Ra ganz außer Puste. »Wu, ich habe den Löwen gesehen. Er wollte mich fressen.«

»Nein, wirklich«, rief Wu freudig. »Ich denke mir, dass Raben ganz anders schmecken als Hunde.«

»Feiner«, prahlte Ra.

»Was das anbetrifft«, meinte Wu, »so weiß ich nicht, ob Löwengeschmack der allerbeste ist.«

»Aber Pips und Lämmchen und alle anderen«, sagte Ra, »frisst er vielleicht auch. Deshalb möchte ich von dir gerne wissen, auf welches Wort man Pfötchen geben muss.«

»Auf gar keins«, sagte Wu. »Man gibt Pfötchen, wenn man mag. Wenn man nicht mag, gibt man keines.«

»So ist das«, seufzte Ra. »Wir müssen Schipp fragen. Schipp ist wie ein kleiner Löwe und weiß besser Bescheid. Komm mit!«

»Schließlich könnte auch Frau Wisstihrschon auf das Haus aufpassen«, sagte Wu. »Und wenn du sicher bist, dass der Löwe dich lieber frisst als mich, will ich mitkommen. Aber du darfst nicht wegfliegen, wenn er kommt.«

»Schon gut«, sagte Ra. So zogen sie los.

Man kommt zu Wasser und zu Land

Durch die Landstraße quer hindurch floss ein Fluss und über den Fluss führte eine Brücke und die Brücke war gesperrt, damit der Löwe nicht darüber konnte. Und Herr Dreipfennig, der Brückenwärter,

stand auf der Seite, auf der, wie er dachte, der Löwe nicht käme, und Kater Schipp saß neben ihm auf dem Geländer.

»Es wäre mir lieb«, sagte Herr Dreipfennig, »jemand käme und sagte, der Löwe sei gefangen.«

»Es kommt jemand«, sagte Schipp, »aber der Jemand sind zwei und ein Wagen.«

»Wer kann es denn sein?«

»Es ist ein Jemand, den ich nicht kenne, und ein Jemand, den ich kenne.«

»Wer ist der, den du nicht kennst?«, fragte Dreipfennig.

»Der andere ist Pips«, sagte Schipp.

»Ach, Pips«, sagte Dreipfennig, »dann ist der andere Kim.«

»Er ist es nicht«, sagte Schipp.

»Das ist Tralala«, sagte Pips, die eben mit ihm ankam. »Lasst uns durch!«

»Ich darf nicht«, sagte Dreipfennig. »Die Brücke ist gesperrt wegen des Löwen.«

»Wir wollen den Löwen fangen«, erklärte Pips. »Tralala weiß das Wort, auf das Löwen Pfötchen geben.«

»Nanu«, staunte Schipp und sah sich Tralala genau an.

»Ich glaube, dass ich jetzt wirklich sofort nach Italien zurückmuss«, sagte Tralala unruhig.

»Davon hast du heute Morgen noch nicht gesprochen«, sagte Pips.

»Es fällt mir gerade ein.«

»Es kommt was«, sagte Schipp.

»Was kommt – der Löwe?«, fragte Dreipfennig und zog seine Beine auf das Geländer.

»Nicht der Löwe«, sagte Schipp. »Wenigstens nicht, wenn er nicht zufällig auf dem Wasser angesegelt kommt.«

»Mach die Sperre auf«, verlangte Tralala, »damit wir auf die andere Seite gehen können, falls der Löwe hier aussteigen sollte.«

»Es ist nicht der Löwe«, sagte Schipp. »Es ist etwas Schwarzes mit einem roten Segel, das schnell näher kommt.«

»Vielleicht ist er in Tinte oder so etwas gefallen«, sagte Pips.

»Ph«, sagte Schipp. »Es ist nicht der Löwe. Jetzt weiß ich, was es ist.«

»Was?«, fragten alle.

»Es ist der Löwenbändiger aus Afrika, der den Löwen fangen soll.«

Das rote Segel kam näher und war ein Kahn oder so etwas, was man als Kahn benutzen kann, wenn nichts anderes da ist. Drinnen saß ein schwarzbrauner Junge. Er legte am Ufer an, stieg aus und fragte: »Ist das hier, wo der Löwe los ist?«

»Ja«, sagten alle. »Wie heißt du?«

»Ich heiße Totokatapi«, sagte der Löwenfänger.

»Wie bitte?«, fragte Pips.

»Totokatapi«, sagte Totokatapi. »Mein Vater hat mich so genannt.«

»Du sollst den Löwen fangen«, sagte Dreipfennig.

»Ich werde ihn fangen«, prahlte Totokatapi.

»Das ist Tralala«, sagte Pips. »Er weiß das Wort, auf das Löwen Pfötchen geben. Du kannst wieder absegeln.«

»Außer mir gibt es niemanden, der Löwen fangen kann«, sagte Totokatapi und machte sein Boot fest. »Löwen, die Pfötchen geben, kenne ich nicht.«

»Es sind italienische Löwen«, beeilte sich Tralala zu sagen.

»Ph«, meinte Schipp und sah Tralala an. »Es ist besser, ich sage gar nichts dazu.«

»Da kommt etwas, das hüpft, und etwas, das hinterherläuft«, schrie Totokatapi und stieg in seinen Kahn und machte den Strick los, so als ob er auf der Stelle absegeln wollte. »Das, was läuft, könnte der Löwe sein, das, was hüpft, kenne ich nicht.«

»Das, was hüpft, ist Ra«, sagte Schipp, »und das, was hinterherläuft, ist Wu. Du kannst also ruhig wieder aussteigen.«

»Ich bin nicht deswegen eingestiegen«, log Totokatapi, »sondern weil ich etwas Wichtiges in meinem Boot vergessen hatte.«

»Ph«, machte Schipp.

»Ach, hier bist du, Pips!«, sagte Wu. »Kim sucht dich. Er will dich fragen, ob Löwen Pfötchen geben können.«

»Hier ist jemand, der sagt, dass sie es können«, meinte Schipp.

»Ich habe schon zweimal gesagt ...«, fing Tralala wieder an.

»Ph«, machte Schipp.

»Tralala weiß es auch nicht«, sagte Ra zu Wu.

»Wenn ihr fertig mit Reden seid«, sagte Totokatapi, »dann möchte ich etwas sagen.«

»Bitte«, sagten alle.

»Das Löwenfangen ist eine ganz einfache Sache«, sagte Totokatapi. »Ich brauche nur einige Leute, die um mich herumgehen und den Löwen suchen.«

»Wieso um dich herum?«, fragte Pips.

»Damit ich sofort überall sein kann. Es wäre sehr unpraktisch, wenn ich ganz rechts stände und der Löwe stände plötzlich ganz links.«

»Dann stell dich doch ganz links hin«, schlug Dreipfennig vor.

»Ich muss in der Mitte stehen«, sagte Totokatapi. »Der Löwe steht bestimmt links, wenn ich rechts stehe, und rechts, wenn ich links stehe.«

»Ich sage gar nichts«, sagte Schipp, »aber wenn ich Mäuse fange, dann bin ich rechts und links gleichzeitig und stehe nicht in der Mitte.«

»Das meine ich eben«, sagte Totokatapi. »Ihr müsst um mich herumgehen und den Löwen suchen. Wer den Löwen gefunden hat, hält ihn fest und ruft: ›Hier ist der Löwe!‹ Dann komme ich und fange ihn. Es ist ganz einfach.«

»Aha«, riefen alle und schauten sich an.

»Ph«, meinte Schipp, »wenn ich Mäuse fange, dann halte ich vorher keinen Vortrag. – Da kommt noch jemand, der euch helfen kann.«

»Wer?«

»Nur Marke«, sagte Schipp.

»Ach, hier bist du, Pips!«, sagte Marke. »Kim sucht dich. War er noch nicht hier?«

»Nein«, antwortete Pips.

»Ja«, sagte Wu aufgeregt, »ich habe ganz vergessen zu sagen: Er sucht dich und ist sehr traurig, dass du weggegangen bist.«

»Das tut mir Leid«, sagte Pips. »Ich glaube, ich gehe schnell zu ihm nach Hause, um ihm zu sagen, dass er sich nicht aufzuregen braucht. Ich will aber

ganz allein gehen, denn ihr sollt inzwischen den Löwen fangen.«

Deshalb ging sie ganz allein weg.

»Donnerwetter!«, sagte Marke. »Jetzt habe ich doch wieder vergessen ihr den Brief zu geben. Na, macht nichts, dann gebe ich ihn eben Kim.«

Etwas, was man nicht machen soll

Pips ging eine kleine Weile und kam an einen Hügel, von dem wollte sie mal ausschauen, und hinter dem Hügel war noch ein Hügel, von dem wollte sie wieder ausschauen. So kam sie immer weiter von ihrem Zuhause fort.

Und inzwischen war sie müde geworden und so setzte sie sich in die Sonne, um sich ein wenig auszuruhen, und schlief ein.

»Es sollte mich nicht wundern«, sagte Schipp inzwischen auf der Brücke, »wenn Pips den Löwen fängt, während ihr hier herumsteht.«

»Er hat Recht«, sagte Ra. »Ich habe den Löwen gesehen, er wollte Lämmchen fressen.«

»Was?!«, riefen alle.

»Soviel ich weiß, hat er es nicht gefressen.« Ra plusterte sich auf. »Ich habe ihn erschreckt.«

»Ach«, bat Wu, »würdest du nicht bitte in meiner Nähe bleiben?«

»Da kommt noch etwas«, sagte Schipp.

»Ist es der Löwe?«, fragte Totokatapi und stieg in sein Boot.

»Zwei Beine hat es«, sagte Schipp.

»Es wird der Löwe sein«, meinte Totokatapi. »Sicher hat er sich aufgerichtet, um uns zu täuschen.« Er machte die Leine seines Bootes los.

»Ihr könnt alle hier bleiben«, sagte Schipp. »Es ist Kim.«

»Wo ist Pips?«, fragte Kim ganz außer Atem.

»Eben nach Hause gegangen«, sagte Wu.

»Ach«, fragte Kim, »bewachst du nicht das Haus, Wu?«

»Guten Tag«, krächzte Ra. »Wir haben uns noch gar nicht gesehen.«

»Wahrhaftig?«, fragte Kim.

»Ra hat den Löwen gesehen«, berichtete Wu stolz.

»Aber du brauchst keine Angst zu haben«, meinte Schipp, »wenn es ein afrikanischer Löwe ist, fängt ihn Tralala und Totokatapi stellt sich in die Mitte und wir fangen den Löwen rechts oder links und dann sagt Totokatapi, er hätte ihn gefangen, und das ist alles.«

»So«, sagte Kim und kriegte vor Erstaunen

runde Augen, »aber ich suche jetzt wirklich erst einmal Pips und sperre sie zu Hause ein, falls sie da sein sollte.«

Er ging wieder davon. Wu wollte ihn gerade fragen, ob er mitkommen sollte, da rief Schipp: »Da kommen wieder Beine, die sehr schnell laufen.«

»Dann ist es der Löwe«, sagte Dreipfennig, der auch wieder einmal etwas sagen wollte, und stieg auf sein Geländer.

»Wenn es der Löwe ist«, sagte Schipp, »dann geht sein Vorderteil von seinem Hinterteil getrennt.«

»Ach«, krächzte Ra und hüpfte von einem Bein auf das andere. »Seht euch vor, der Löwe ist nicht sehr freundlich.«

»Es ist nicht der Löwe«, sagte Schipp. »Es sind Herr Krume und Frau Blume.«

»Warum lauft ihr so schnell?«, fragte Schipp. »Ist etwas los?«

»Der Löwe ist los, der Löwe ist los!«, schrien Herr Krume und Frau Blume. »Er kommt gleich hinter uns her.«

»Ich habe das Gefühl, als ob es eine Art Löwe sei, die ich nicht kenne«, sagte Totokatapi und bestieg sein Boot.

»Dann«, rief Schipp ernsthaft, »schwimmt er bestimmt besonders gerne hinter Booten her.«

»Ist das wahr?«, schrie Totokatapi und stieg schnell wieder aus.

»Es ist ein Löwe, der Raben gerne frisst«, sagte Ra und flog davon.

»Dann ist es eine Art, die ich auch nicht kenne«, rief Tralala und lief, so schnell er laufen konnte.

»Nimm mich mit!«, rief Totokatapi und lief hinter ihm her.

Marke folgte ihnen.

»Jetzt ist Ra doch weggeflogen«, sagte Wu und lief davon.

»Wu, Wu, nimm uns mit!« Herr Krume und Frau Blume sausten hinter ihm her.

Auch Dreipfennig lief weg, aber er lief nur bis zu einem großen Baum und kletterte hinauf, denn er durfte ja die Brücke nicht aus den Augen lassen.

Kater Schipp blieb ganz allein sitzen. »Wenn der

Löwe von dort kommt, wo ich nichts sehe«, sinnierte er, »dann bin ich blind. Es ist besser, dahin zu gehen, wo die anderen alle sind.« Sprach's, hüpfte von seinem Platz und trottete hinter den anderen her, so schnell er das ohne ängstlich auszusehen konnte.

Wo ist Pips?

Kim war immerzu geradeaus nach Hause gegangen ohne nach rechts und links zu sehen, weil er Pips zu Hause finden und ordentlich ausschimpfen wollte. Mit diesem wichtigen Gedanken kam er zu Hause an. Er stieg eilig die Treppen hinauf.

»Ist Pips oben?«, rief er, so laut er konnte.

»Nein, Löwe«, rief es von oben ängstlich zurück. »Niemand ist hier, auch Frau Wisstihrschon ist fortgegangen.«

»Dummes Zeug!«, sagte Kim. »Ich bin es doch – Kim!«

Frau Wisstihrschon saß in der Stube auf dem Ofen und hielt sich die Augen zu.

»Du kannst ruhig runterkommen«, sagte Kim. »Der Löwe wird gerade von Totokatapi und Tralala gefangen.«

»Ach, wie spannend!« Frau Wisstihrschon kam vom Ofen herab.

Kim rief: »Pips! Pips! Pips!«

Keine Antwort.

»Na, so was!«, sagte Kim.

»Sie wird im Bett liegen«, sagte Frau Wisstihrschon.

»Im Bett liegt sie auch nicht«, sagte Kim, der gerade nachsah.

»Vielleicht ist sie im Schrank«, schlug Frau Wisstihrschon liebevoll vor.

»Auch nicht«, sagte Kim. »Im Schrank ist sie auch nicht. Wenn sie nicht hier ist, dann ist sie wo, wo sie es selbst nicht weiß.«

»Du weißt doch, wie Pips ist«, beruhigte ihn Frau Wisstihrschon. »Sie spielt Verstecken. Hast du schon im Kohlenkasten nachgeguckt? Oder vielleicht geht sie irgendwo herum und ist immer gerade woanders, als wo wir sie suchen.«

»Ich wollte, sie ginge wo herum«, sagte Kim.

»Du meinst doch nicht etwa, dass der Löwe sie gefressen hat?«, fragte Frau Wisstihrschon atemlos.

»Das kann man nicht wissen«, sagte Kim düster.

»Wie schrecklich«, sagte Frau Wisstihrschon. »Das muss ich gleich Herrn Dreipfennig erzählen ...«

»Ich höre Leute«, sagte Kim. »Vielleicht bringen sie Pips.«

»Hoffentlich ist es nicht der Löwe«, sagte Frau Wisstihrschon und machte die Augen zu.

»Es ist nicht der Löwe«, sagte Kim, der zum Fenster hinaussah. »Es sind Herr Krume und Frau Blume und Totokatapi und Tralala und Marke und Wu und ganz hinten kommt auch noch Schipp. Bloß Ra ist nicht dabei und auch nicht Herr Dreipfennig. Sie haben es sehr eilig.«

»Ich komme zu euch!«, rief er runter und rannte in den Garten. »Pips ist fort und wir müssen sie suchen.«

»Wieso ist Pips nicht hier?«, fragte Marke. »Mir hat sie gesagt, sie wolle nach Hause gehen.«

»Wir müssen sie suchen«, sagte Kim. »Sie ist in Gefahr.«

Jetzt kam Kater Schipp und sie gingen zusammen in die Stube.

»Alle mal herhören!«, sagte Schipp und stieg auf den Tisch. »Wenn Pips in Gefahr ist, müssen wir ihr helfen. Und wenn wir ihr helfen müssen, müssen wir es gleich tun. Und wenn wir es gleich tun müssen, müssen wir einen Plan machen. Und ein Plan ist so, dass wir ein Schild malen müssen, worauf steht: ›Wir suchen Pips!‹ So einen Plan nennt man Überschrift, unter der etwas passiert, und einer muss den Plan über sich tragen, damit alle gleich sehen, was wir wollen, und uns helfen.«

»Wer schreibt den Plan?«, fragte Marke.

Kim nahm ein großes Stück Pappe und spitzte den Bleistift. Dann legte er sich auf den Boden und schrieb.

»Bist du fertig?«, fragte Schipp.

»Noch nicht«, sagte Kim.

»Du musst schneller schreiben«, sagte Schipp.

»Ich bin fertig«, sagte Kim.

Das Schild war fertig. »Wir zuchhen Pips, helft zuchhen!«, stand darauf.

»Gut«, sagte Schipp. »Jetzt musst du noch eine Stange unter das Schild machen.«

»Nimm den Besen«, sagte Frau Wisstihrschon.

Kim nahm den Besen und nagelte das Schild obendrauf. »Herr Krume muss das Schild tragen.«

»Gehen wir!«

Alle stellten sich hintereinander, Kim an den Anfang, nach ihm die anderen.

»Halt!«, schrie Schipp. »Ihr müsst Waffen und Stricke mitnehmen, falls wir den Löwen fesseln müssen, und einen Wagen, um ihn heimzufahren, und eine Lampe, wenn es Abend wird.«

»Ja«, sagte Kim. Er holte alles, was er finden konnte, und jeder nahm etwas: eine Stange oder einen Haken oder ein Messer, und Frau Blume trug die Lampe. Wu und Schipp brauchten nichts zu tragen, sie zogen den Wagen.

Was Ra findet

Ra war immerzu weitergeflogen. Er flog dorthin, wo er dachte, dass niemand sei, und war erstaunt, als er aus der Luft etwas Helles auf der Wiese liegen sah.

Es sollte mich doch wundern, dachte er, wenn ich gerade dahin geflogen wäre, wo der Löwe liegt. Es ist besser, ich mache erst einmal einen Rundherum-Beobachtungsflug.

Als er rundherum geflogen war, sagte er: »Das ist Pips.«

Er ließ sich auf einem Feldstein neben ihr nieder.

»Pips«, sagte Ra.

»Hm«, machte Pips verschlafen.

»Ich bin hinter dir hergeflogen, um dir zu sagen, dass der Löwe hinter uns herkommt«, log Ra, um sich wichtig zu machen.

»Ja«, sagte Pips und stand auf. »Was soll ich tun, wenn der Löwe kommt?«

»Hast du deinen Mensch-flieg-mal-Apparat zufällig in der Tasche?«, schlug Ra vor.

»Dummes Zeug«, sagte Pips. »Du weißt doch, dass nur unser Doktor ein Flugzeug hat und dass es viel zu groß ist, als dass man es in die Tasche stecken könnte.«

»Das habe ich mir gleich gedacht«, sagte Ra bekümmert. »Nun, sicher fällt mir noch etwas anderes ein.«

»Wirklich?«, fragte Pips.

»Da ist Wasser«, krächzte Ra und sah von der Höhe hinab, »ein richtiger See. Du musst hineingehen, Löwen mögen Wasser nicht.«

»Das ist wahr!«, sagte Pips. »Gut, dass ich ein Handtuch mitgebracht habe.«

»Hat es nicht eben gedonnert?«, fragte Ra.

»Ich weiß nicht«, sagte Pips, während sie sich die Kleider auszog.

»Es kann Donner gewesen sein und es kann auch keiner gewesen sein.«

»Es klang ungefähr so, wie wenn einer durch eine Gießkanne spricht«, sagte Ra.

»Ich gehe jetzt ins Wasser. Huh, ist das kalt!«, rief Pips.

»Du musst bis in die Mitte gehen«, sagte Ra.

»Ich bin in der Mitte«, rief Pips.

»Eben hat es schon wieder gedonnert«, rief Ra.

»Ich habe es auch gehört«, antwortete Pips.

»Was meinst du wohl, ob der Löwe bald kommt? Es fängt langsam an, sehr ungemütlich zu werden.«

»Ich kann ihn nicht sehen«, sagte Ra.

»Dann komme ich wieder raus«, rief Pips. Sie trocknete sich ab und zog sich an. »Ich gehe nur etwas herum, um warm zu werden. Es macht dir doch nichts aus, auf meine Tasche und mein Handtuch aufzupassen?«

»Nein«, sagte Ra. »Aber bitte, mach schnell mit dem Warmwerden. Eben hat es schon wieder gedonnert und außerdem wird es Abend!«

Pips ging ein bisschen weiter und fing gerade an hübsch warm zu werden und ein kleines Lied kam ihr in den Sinn. Sie guckte in die Luft, ob es wirklich ein Gewitter gäbe, und auf einmal war da, wo sie hintrat, kein Boden mehr, und sie sagte »nanu« und »Hilfe, ich falle!«. Und sie fiel und fiel und rutschte immer tiefer und Erde, Steine und Äste rutschten hinter ihr her.

»Das ist doch ulkig«, meinte Ra nach einer Weile. »Jetzt stehe und stehe ich hier und Pips kommt nicht zurück. Habe ich denn geschlafen? Vielleicht ist sie unter ihr Handtuch zurückgekrochen?« Er hob erst das Handtuch hoch und warf es hinter sich, dann schaute er in die Tasche, aber Pips war nicht darin.

»Das ist dumm!«, sagte Ra. »Pips ist nicht da. Jetzt donnert es wieder und ein helles Donnern ist auch dabei. Es sind zwei Gewitter, ein großes und ein kleines; es ist besser, ich suche schnell Kim, bevor es Nacht geworden ist.«

Ra erhob sich eilig und flog davon ohne sich umzugucken.

Das war dumm von ihm, denn er hätte sonst Kim und alle anderen mit dem Schild und dem Wagen den Hügel heraufkommen sehen.

»Hier war Pips«, sagte Wu mit der Nase auf dem Boden.

»Ph«, rief Schipp. »Da liegt ihr Handtuch und hier ihre Tasche.«

»Halt!«, rief Kim. »Wir müssen das Schild hier aufpflanzen!«

»Der Löwe hat sie gefressen«, sagte Frau Wisstihrschon.

Alle ließen die Köpfe hängen.

»Nein«, sagte Schipp tröstend. »Das sieht nicht aus, als ob der Löwe Pips gefressen hätte.«

»Hier war auch Ra«, rief Wu aufgeregt. »Ich sehe eine schwarze Feder. Ra hat mit Pips' Handtuch gespielt.«

»Es donnert«, rief Tralala.

»Still«, rief Schipp. »Das ist kein Donner!«

»Hier kommt Ra«, rief Wu. »Ra kommt!«

»Ich suchte euch gerade«, rief Ra. »Ich war weggeflogen, um euch zu suchen. Pips ist fort!«

»Erzähle, Ra«, sagte Schipp. »Wo hast du sie zuletzt gesehen?«

»Hast du mit ihrem Handtuch gespielt?«, fragte Wu.

»Ja«, sagte Ra. »Ich wollte sehen, ob sie drunterlag. Ich flog schnell hierher, um ihr zu sagen, dass der Löwe kommt. Wu, deshalb bin ich weggeflogen, und dann badete sie und dann ging sie sich aufwärmen und dann kam sie nicht wieder. Immer donnerte es und dann donnerte es noch einmal groß und klein und dann bin ich euch suchen geflogen!«

»Es hat nicht gedonnert«, sagte Schipp. »Donnern ist anders.«

»Was ist es denn?«, fragte Kim.

»Wir müssen sehen«, sagte Schipp. »Irgendetwas hat es. Wir müssen einen großen Kreis um das Gebüsch herum machen und alle ganz langsam hineingehen. Aber seid vorsichtig! Wer etwas sieht, schreit ›Hier!‹«

»Bist du sicher«, fragte Tralala, »dass wir alle hineingehen müssen?«

»Es ist nicht gut, wenn alle gehen«, sagte Totokatapi. »Ich bleibe draußen und komme dem zu Hilfe, der mich braucht.«

»Alle müssen gehen«, entschied Kim.

»Natürlich gehen wir alle«, sagten alle, gingen rings um das Gebüsch herum und drangen von allen Seiten ein.

Zwei finden sich

Als Pips immer weiter rutschte und rutschte, machte sie erst die Augen zu, und als sie merkte, dass sie unten war, machte sie sie wieder auf, und als sie sah, was sie sehen musste, machte sie sie schnell wieder zu.

»Vorsicht!«, sagte das, was sie gesehen hatte. »Du trittst mich.«

»Ich glaube, das ist nun unwichtig«, sagte Pips.

»Warum?«, fragte das, was sie gesehen hatte.

»Willst du mich nicht fressen?«, fragte Pips, denn das, was sie gesehen hatte, war Löwe. Löwe lag in der Grube, in die sie beide gefallen waren, und leckte seine Pfote.

»Ich glaube nicht«, sagte Löwe. »Du siehst nett aus, und wenn du mir aus dieser Grube hinaushelfen könntest, wäre das fein.«

»Wir müssen rufen«, sagte Pips.

Sie riefen. Das war das, was Ra gehört hatte.

»Ich habe es schon versucht«, sagte Löwe, »aber es hört niemand. Bitte, sei so freundlich und pass

auf, dass du mich nicht trittst, ich habe mir nämlich die Pfote beim Fallen verstaucht.«

»Das tut mir Leid«, sagte Pips. »Ich werde sie dir verbinden, ich kann dazu mein Taschentuch nehmen.« Sie tat es.

»Danke«, sagte Löwe, »das tut gut.«

»Warum bist du aber weggelaufen?«, fragte Pips.

»Willst du immer eingesperrt sein?«, fragte Löwe.

»Nein«, gab Pips zu, »ich nicht. Wenn du niemanden frisst, darfst du bei uns wohnen bleiben, im Garten, und immer spazieren gehen.«

»Ich fresse niemanden«, sagte Löwe, »wenn ihr mir zu fressen gebt.«

»Gut«, sagte Pips. »Abgemacht, du bleibst bei uns. Jetzt möchte ich schlafen, darf ich mich an dich lehnen?«

»Gern«, sagte Löwe.

Sie kuschelte sich in seinen Pelz und schlief gleich ein.

Auch Löwe fielen die Augen zu.

Kim und Wu und Totokatapi und Tralala und Herr Krume und Frau Blume und Frau Wisstihrschon und Ra und Schipp waren inzwischen immer weiter ins Gebüsch gegangen.

»Hier!«, schrie Herr Krume.

»Hier!«, schrie Tralala.

»Wir sind es nur«, sagten Herr Krume und Tralala. »Wir sind zusammengestoßen.«

»Da kommt der Löwe«, rief Totokatapi. »Wo ist Tralala?«

»Hier«, rief Tralala, »aber es ist nur Wu.«

»Ra«, schrie Wu. »Ra, wo bist du, hier ist wer.«

»Hier bin ich«, schrie Ra. »Wo sind alle andern? Wo sind Kim und Frau Blume und Frau Wisstihrschon?«

»Hier«, sagte Frau Blume.

»Hier ist auch Frau Wisstihrschon«, sagte Kim. »Habt ihr nichts gefunden?«

»Der Löwe hat Pips gefressen«, sagte Frau Wisstihrschon.

»Still«, sagte Ra. »Etwas pustet.«

»Ra hat Recht!«, sagte Schipp. »Etwas pustet.«

»Das, was pustet, sind zwei«, sagte Ra.

»Hier ist ein Loch«, sagte Wu, »und jemand ist hineingefallen.« Alle reckten die Hälse, um in das Loch zu sehen.

»Wir müssen hineinleuchten«, sagte Kim. »Man kann so nichts sehen.«

»Jemand ist hineingefallen und pustet«, sagte Wu.

»Zwei pusten«, sagte Schipp. »Wu hat Recht.«

»Zwei Jemande sind hineingefallen!«, sagte Ra.

»Tralala«, sagte Kim, »würdest du so freundlich sein und die Lampe anzünden?«

»Ja«, sagte Tralala, »aber ich kann sie nicht in das Loch hineinhalten.«

»Ich halte sie«, sagte Frau Blume.

Tralala zündete die Lampe an und Frau Blume hielt sie.

»Ich sehe etwas, ich sehe etwas«, schrie Ra und hüpfte von einem Bein auf das andere.

»Ja«, sagte Wu, »sie sind es.«

»Es sind Pips und der Löwe«, sagte Schipp.

»Pips hat den Löwen gefangen«, sagte Tralala. »Sie hält ihn am Hals fest – und er gibt Pfötchen!«

»Das ist die Sorte Löwen, die ich kenne«, sagte Totokatapi. »Das sind die gefährlichsten. Ich hätte ihn auch fangen können.«

»Wie holen wir sie jetzt heraus?«, fragte Marke.

»Jemand muss hinuntersteigen«, sagte Kim.

»Jemand sehr Kleines«, schlug Wu vor, »wie Ra ungefähr.«

Wie man aus einer Grube herauskommt

»Etwas leuchtet«, sagte Pips unten zu Löwe.

»Der Mond ist runtergefallen«, sagte Löwe.

»Sie reden zusammen«, sagte Schipp oben.

»Wir sind hier, Pips«, rief Kim. »Hast du dir wehgetan?«

»Ich nicht«, sagte Pips, »aber Löwe, und ihr dürft Löwe nichts tun, ich habe es ihm versprochen.«

»Wir tun ihm nichts«, sagte Kim.

»Wenn er uns nur nichts tut«, sagte Marke.

»Er tut nichts«, sagte Pips. »Ich komme gleich nach. Bitte, Kim, wirf den Strick runter.«

»Ja«, sagte Kim, warf den Strick hinunter und Löwe nahm ihn ins Maul und alle zogen, so fest sie konnten.

»Schanke«, sagte Löwe, als er oben war. »Schich habe misch aber ein bisschen das Maul verrenkt.«

»Er ist schön groß«, flüsterte Wu Ra zu.

Alle hielten sich abseits. Löwe saß ganz allein und die anderen warfen den Strick noch einmal hinab und zogen Pips nach oben.

»Löwe bleibt jetzt immer bei mir«, sagte Pips, »ich habe es ihm versprochen. Er braucht nicht mehr in den Zoo zurück, er wohnt in unserem Garten und frisst niemanden. Er ist jetzt mit uns befreundet. Dafür, dass er mich nicht gefressen hat.«

»Weil er das nicht getan hat, bin ich damit einverstanden«, sagte Kim. »Aber du hast mir einen schönen Schrecken eingejagt.«

»Löwe muss im Wagen fahren«, sagte Pips. »Er kann nicht laufen, er hat sich den Fuß verstaucht.«

Löwe bestieg den Wagen, und Herr Krume und Tralala zogen ihn, denn Löwe war sehr schwer, und Pips ging mit Kim voraus und Frau Blume trug die Lampe und Ra hüpfte nebenher.

Woran niemand gedacht hat

So kamen sie an den Fluss und näherten sich der Brücke und sahen schon von weitem, wie das, was so ähnlich aussah wie ein Kahn und in dem Totokatapi über das große Wasser gekommen war, um Löwe zu fangen, am Ufer schaukelte. Auf der Brücke stand Herr Dreipfennig, es war ihm zu unbequem auf dem Baum geworden. Er übte Brückeschnell-Aufziehen und trotzdem nicht auf der Seite sein, auf der der Löwe sein würde, wenn der Löwe kommen sollte. Das war nicht ganz einfach, denn erst musste er die Brücke runterlassen und dann hinüberlaufen und auf die andere Seite und dann schneller, als der Löwe kommen konnte, die Brücke wieder aufziehen.

Als Herr Dreipfennig Löwe und alle anderen kommen sah, sah er nur Löwe und nicht alle anderen und lief vor Schreck so schnell über die Brücke, dass er vergaß, dass sie gerade aufgezogen war.

Von da an vergaß er niemals mehr vorher nachzusehen, denn wo er jetzt hintrat, war keine Brücke, sondern Luft, und weil er kein Luftballon war, fiel und fiel er, bis er im Wasser lag und über ihm die Brücke zufiel. Alle – wie sie ankamen – erschraken.

»Dreipfennig ist ins Wasser gefallen«, schrie Wu und eilte voraus.

Auch Ra erhob seine Schwingen und alle anderen liefen, was sie laufen konnten, um Dreipfennig aus dem Wasser zu fischen.

So kamen sie ans Ufer und sahen Dreipfennig im Wasser liegen und vom Wasser geschaukelt werden wie ein gefülltes Gummikissen, denn vor lauter Angst hatte er tief Luft geholt und dann vergessen sie auszuatmen.

»Halt aus, wir kommen!«, rief Pips.

»Hilfe!«, schrie Dreipfennig. Dabei atmete er aus und ging unter.

Löwe hatten sie im Wagen vergessen. Er stieg aus und trottete gemütlich auf die Brücke zu. Dort blickte er über das Geländer und sagte: »Soll ich euch den zappligen Fisch mal fangen?«

»Hilfe, der Löwe will mich fressen!«, prustete Dreipfennig halb über, halb unter Wasser.

»Ph«, meinte Schipp. »Löwe will dir helfen.«

Löwe sprang – und sprang gerade mit einem eleganten Satz in das, was Totokatapis Schiff sein sollte, hinein. Es gab einen großen Plumps und die Wellen schlugen ans Ufer und das Schiff drehte

sich – »brrr«, sagte der Strick und das Schiff war kein Schiff mehr, das vor Anker lag, sondern eines, das gerade dabei war, abzufahren.

Die Wellen hatten Herrn Dreipfennig ans Ufer getrieben, nun stand er dort wie ein begossener Pudel.

Da rief Löwe: »Ich glaube, ich fahre ab.« Und richtig, langsam drehend glitt das, was einmal Totokatapis Schiff gewesen war, mit Löwe den Fluss hinab, kaum so schnell, wie ein Käfer kriecht.

»Das ist mein Schiff!«, schrie Totokatapi. »Damit bin ich aus Afrika gekommen, um dich zu fangen, und du musst aussteigen und es mir wiedergeben.«

»Aber ich möchte doch in den Urwald zurück«, rief Löwe.

»Nein«, rief Pips. »Du musst hier bleiben, Löwe – du musst hier bleiben!«

»Es ist das Beste für ihn, er fährt dahin zurück, wo er zu Hause ist«, entschied Kim. »Leb wohl, Löwe!«

»Leb wohl, Löwe!«, riefen alle und liefen neben dem Boot her.

»Aber wie soll ich denn nach Afrika zurückkommen?«, schrie Totokatapi.

»Ich borge dir mein Boot«, sagte Kim.

»Lebt wohl, alle zusammen«, sagte Löwe und

zog das Segel auf. Der Wind blähte es und schneller und schneller trieb das Boot davon.

»Hoch, Löwe! Hoch, Löwe!«, riefen alle, die am Ufer zurückblieben und winkten.

Nur Pips stand am Ufer und starrte in die Ferne.

»Sieh mal, Pips weint«, sagte Wu zu Ra, »weil Löwe wegfährt.«

Richtig – Pips schaute und schaute und kleine Tränen standen in ihren Augen und sie winkte und winkte noch, als Löwe mit seinem roten Segel schon längst am Horizont in der Sonne verschwunden war.

Markes Brief

Plötzlich hörten sie es hinter sich schreien und rufen: »Halt, halt, halt!« Es war Dok, der Tierarzt. »War das etwa Löwe, der da eben davongesegelt ist?«

»Ja!«, riefen alle wie aus einem Munde.

»Das ist mir aber wirklich peinlich!«, sagte Dok. »Ich hatte nämlich vergessen den Riegel des Käfigs zuzumachen, als ich gestern Abend nachgesehen hatte, ob seine Zähne gesund sind.«

»Und, sind sie es?«, fragte Kim.

»Das schon ...«

»Ein Löwe hat es gut«, sagte Kim. »Er braucht sich die Zähne nicht zu putzen.«

»Es war ein besonders netter Löwe!«, sagte Dok. »Hoffentlich passiert ihm nun unterwegs nichts, ehe er zu Hause ankommt!«

»Ach«, kläffte Wu, »was soll einem Löwen schon passieren? Er ist doch kein kleiner Hund!«

»Ganz egal!«, sagte Totokatapi. »Kim, wo ist dein Boot? Ich möchte jetzt auch wieder abfahren.«

»Das Boot liegt hier unter dem Busch am Strand. Wohin segelst du?«

»Nach Sultanien«, sagte Totokatapi. »Ich werde dort Hotelboy im Grand-Hotel.«

»Au fein!«, rief Pips. »Da besuchen wir dich mal.«

»Immer los!«, antwortete Totokatapi. Er bestieg Kims Boot, setzte die Segel und stach in See.

Als auch er nicht mehr zu sehen war, rief Marke ganz aufgeregt: »Donnerwetter, jetzt hätte ich doch wieder den Brief fast vergessen. Kim und Pips, hier ist ein Brief für euch!«

»Er ist für mich«, sagte Pips.

»Nein, er ist für uns beide«, antwortete Kim, riss den Umschlag auf und las den Brief.

»Nun …?«, fragten alle.

II. Teil: Kakadu in Nöten

»Onkel Guckaus lädt Pips und mich ein ihn auf der Leuchtturminsel zu besuchen!«

»Au fein!« Pips klatschte in die Hände. »Fahren wir gleich! Vielleicht treffen wir Löwe unterwegs.«

»Pustekuchen!« Kim machte ein verlegenes Gesicht. »Womit denn? – Ich habe ja kein Boot mehr.«

»Nun«, meinte Dok, »dann werde ich euch hinüberfliegen.«

»Los – los!«, schrie Pips. »Worauf warten wir noch? Los, Wu und Schipp, los, wir fliegen!«

»Ach«, brummte Wu, »ehrlich gesagt: Einmal Löwe genügt mir für eine Weile. Ich bleibe lieber hier!«

»Ph«, sagte Schipp. »Ich fliege natürlich mit.«

»Dann kommt!«, sagte der Doktor.

Die Leuchtturminsel

Es dauerte gar nicht lange, da flog Dok Kim, Pips und Schipp mit seinem kleinen Flugzeug hinüber zur Leuchtturminsel.

Ein Leuchtturm – das ist ein Turm, der leuchtet. Besonders in der Nacht. Am Tage schaut er aus wie ein ausgestopfter, aufrecht stehender Wollsocken: ein Meter rote Wolle, ein Meter weiße Wolle und wieder ein Meter rote Wolle. So dreißig Meter hoch. Obenauf hat er eine Haube aus Glas und in dieser Haube ist eine Lampe, die dreht sich, wenn es dunkel ist. Und der Leuchtschein fährt wie ein riesiger Zeigefinger über das Meer und zeigt den Schiffen den Weg. Wenn man hineingeht, ist es zuerst ganz dunkel und dann ist da eine steile Wendeltreppe, die muss man hinaufschnaufen. Und wenn man sich viele Male umgeschaut hat, kommt man an einer kleinen Tür vorbei. Manchmal steht sie offen, sie führt in die gute Stube des Leuchtturmwärters. Ein Lehnstuhl steht darin, ein Tisch, eine Uhr tickt und ein Fenster schaut hinaus über Insel und Meer. Aber man geht noch ein paar Stufen weiter

hinauf und da wird es auf einmal hell, denn hier ist ein Rundgang im Freien, mit einem Geländer rundherum, und von dem aus schaut man über die ganze kleine Insel. Viel ist ja nicht zu sehen auf diesem kleinen Fleck Erde: Sand und Steine am Strand, ein paar Kiefern, zusammengeduckt und gekuscht vorm Wind. Eine Kate, ein Häuschen mit gelbem Strohdach, ganz am anderen Ende, und dazwischen etwas, was man einen Hafen nennen könnte – mit zwei Segelbooten. Ein bisschen Seetang und Wasser rundherum.

Der Leuchtturmwärter hieß Onkel Guckaus. Tagsüber saß er in dem Lehnstuhl und schlummerte. Alle Leuchtturmwärter schlafen am Tag, weil sie nachts die Lampe in Gang halten müssen.

An dem Tag, als Dok mit den Kindern und Schipp am Strand der Leuchtturminsel landete und gleich wieder allein weggeflogen war, um sich daheim um seine Tierpatienten zu kümmern, war Onkel Guckaus freilich aufgestanden.

»Guten Tag, guten Tag!«, hatte er gebrummt – immer wenn er etwas gerührt war, klang es so, als ob er brummte – und hatte Kim und Pips in die Arme geschlossen. Schipp war von ihm freundlich gestreichelt worden.

Aber dafür schlief Onkel Guckaus dann an den folgenden Tagen umso fester.

Kim und Pips schliefen dagegen in der Nacht und am Tag räumten sie die Stube auf, wischten Staub und putzten den großen Vogelkäfig, der am Fenster hing. Schon zwei Jahre hing er leer dort; früher hatte einmal eine Krähe dringehockt und die war Onkel Guckaus' Liebling gewesen. »Man kann nie wissen …«, pflegte er zu sagen, wenn er den leeren Käfig betrachtete. Und so blieb er an seinem Platz.

Pips schälte auch die Kartoffeln, setzte die Suppe aufs Feuer, während Kim die Ziege im Stall fütterte.

Oft ging Pips auf die Wiese, um zu malen, während Kim zum Fenster hinausschaute.

Heute war Pips wieder mal mit ihrem Malkasten losgezogen. Schipp hatte sie begleitet. Und Kim war in der Leuchtturmstube geblieben, um auf Onkel Guckaus aufzupassen. Aber er passte gar nicht gut auf. Schon dreimal hatte Zie laut gemeckert – was allerdings nicht viel zu sagen hatte, denn sie meckerte fast immer.

Aber Kim störte das nicht. Er guckte nämlich über die kleine Insel bis zum gegenüberliegenden Strand. »Da ist etwas angekommen«, sagte er zu sich. »Das ist gut. Eine Kiste oder ein Fass, und vielleicht ist etwas drinnen, was gut zu gebrauchen ist.«

Er schlich sich auf Zehenspitzen vom Fenster weg und zur Tür.

»Ich muss auf den Turm gehen«, sprach Kim und ging die Treppe hinauf auf den Turm. Dort nahm er ein langes Rohr, das an der Wand lehnte, und hielt es vor sein Auge. »Ach du Donnerwetter, es ist etwas Lebendiges, das schiffbrüchig ist und Hunger hat und Hilfe braucht.« Eilig stieg er die Treppe runter.

»Mähähähähähähähäh!«, machte es da. Es war Zie, die Ziege, die nie den Mund halten konnte. »Ich möchte mal wissen, wo Kim heute wieder mit dem Futter bleibt«, meckerte sie vor sich hin. »Das ist doch keine Art, eine arme, kranke, einsame, alte Ziege so lange allein zu lassen!«

»Ach du Donnerwetter, Zie muss auch noch gefüttert werden. Pass einmal auf, Zie!«, sagte er, indem er sich zum Stall hineinbeugte. »Es ist etwas angekommen, was Hilfe braucht.«

»Was denn, eine Ziege?«, fragte Zie.

»Nein, etwas viel Kleineres in einer Kiste oder einem Fass oder so etwas.«

»Ach«, meckerte Zie, »sicher eine Ratte, wie dumm! Kleine Tiere taugen nichts. Wenn ich nur an einen gewissen Kater denke ...«

»Also, du willst hier bleiben?«, erkundigte sich Kim.

»Wer sagt das?«, fragte Zie. »Was wolltest du wohl machen, wenn diese Ratte, oder was auch immer es sei, dich angreift?«

Und so stolzierte sie neben ihm den Hang hinab, auf dem der Leuchtturm stand.

Vater Schluckauf

Vor dem kleinen Häuschen, das auf ihrem Weg lag, saß ein Mann und flickte ein Netz.

Dann machte er »huck« – wovon er seinen Namen bekommen hatte – und sagte: »Ei der Deubel! Da kommen doch Kim und die schwatzhafte Ziege.«

»Vater Schluckauf«, rief Kim, »eine Kiste ist an den Strand geschwemmt worden und in der Kiste ist etwas Lebendiges!«

»Ei der Deubel – huck«, wunderte sich Vater Schluckauf. Eigentlich war er niemandes Vater. Man nannte ihn nur so. Er war Fischer und Onkel Guckaus' einziger Freund auf der Insel.

»Eine Ratte«, behauptete Zie. »Ihr werdet sehen, es ist eine Ratte oder ein Kater!«

»Was du nicht sagst«, lachte Vater Schluckauf.

»Weder – noch«, meinte Kim.

»Wenn es nur kein hochmütiger, eingebildeter, eitler Kater ist«, erklärte Zie, »dann soll es mir recht sein.«

»Es ist etwas, was lebt und Hilfe braucht, weil es hungrig an den Strand geschwemmt wurde.

Deshalb müssen wir ihm helfen!«, sagte Kim und fragte dann: »Wo ist Pips?«

»Die ist – huck – hinter dem Haus und malt.«

Kim setzte sich in Marsch und die Ziege folgte ihm.

Vater Schluckauf sah ihnen nach und schüttelte den Kopf.

»Sicher ist Schipp bei ihr«, sagte Zie.

Das war er auch. Im Rasen saß wie ein kleiner roter Klecks Pips mit den blonden Zöpfen, die sie sich geflochten hatte, damit der Wind ihre Haare hier auf der Insel nicht zu sehr verstruwwelte, und vor sich hielt sie einen großen Block. Ein Farbkasten stand neben ihr und ein Wasserglas mit Pinseln.

Schipp saß auf ihrer Schulter und sagte: »Ph – wenn das, was du da malst, der Baum sein soll, der vor uns steht, dann bin ich eine meckernde weiße Ziege.«

»Was ich male, ist Kunst«, sprach Pips stolz. »Das braucht man nicht zu erkennen.«

»Darum auch!«, sagte Schipp. Dann sah er Kim und Zie um die Ecke biegen. »Wir bekommen Besuch«, sagte er. »Wenigstens du bekommst Besuch. Was ich bekomme, weiß ich noch nicht.«

»Tag, Kim«, grüßte Pips. »Ich male gerade. Was tust du?«

»Ich bin unterwegs zu einem Was-immer-es-ist, das an Land geschwemmt wurde und hungrig ist«, erzählte Kim.

Schipp und Zie hatten sich inzwischen gemustert.

Gerade wollte Zie etwas von einer Ratte sagen, als Schipp den Mund aufmachte: »Willst du dieses Was-immer-es-ist mit Ziegenmilch füttern oder weshalb hast du diese arme, unnütze, alte Person mitgebracht?«

»Hört auf euch zu streiten!«, piepste Pips. »Ich will mitgehen.« Sie stand auf und strich sich den Rock glatt. »Malen kann ich später noch.«

Und als alle gingen und auch Schipp neben Pips hertrottete, sagte Zie noch: »Hoffentlich ist es eine Bulldogge oder etwas, was gerne Kater jagt.«

Aber da waren sie schon fast am Strand und sahen schon von weitem eine Kiste und auf dem Rand der Kiste etwas Rotes – oder Grünes – oder Blaues – oder Gelbes – oder alles zusammen.

Es war Ka, der Kakadu.

Er stand da und strich sich die Federn glatt. Als er hörte, dass etwas herankam, legte er seinen Kopf auf die Seite und verdrehte seine kleinen runden Augen. Dann blies er sich auf und schrie: »Bleibt stehen, sonst flieg ich weg!«, und dabei schlug er mit den Flügeln.

»Ph«, sagte Schipp.

»Wir wollen dir nichts tun, sondern dir helfen!«, rief Kim ihm entgegen.

»Das ist etwas anderes!«, rief Ka. »Kommt alle heran, bis auf jenen gelben, tigerähnlichen Kater.«

»Ph«, sagte Schipp.

Pips und Kim waren herangekommen und auch Zie – und Pips hatte Schipp auf den Arm genommen. »Er tut dir nichts, er ist mein Freund.«

»Dann ist es gut«, sagte Ka erleichtert. »Übrigens erinnert er mich ein klein wenig an einen großen gelben Löwen, den ich jüngst im Ozean getroffen habe. Ich trieb dahin, er trieb dahin und wir sprachen kurz zusammen. Er ist unterwegs nach Afrika. Wir fanden Gefallen aneinander.«

»Löwe!«, rief Pips. »Wo ist er jetzt?«

»Schon weit fort!«

»Wie schade –«, sagte Pips.

»Er spricht wie jemand aus besserer Gesellschaft«, sagte Zie. »Wir sollten ihn einladen hier zu bleiben!«

»Wie heißt dieses Eiland?«, fragte Ka.

»Die Leuchtturminsel«, sagte Kim. »Du kannst mit uns kommen und bei Onkel Guckaus wohnen.«

»Sehr freundlich von dir mich einzuladen«, dankte Ka.

»Also komm, flieg neben uns her!«, ermunterte ihn Kim.

Aber Ka blinzelte mit den Augen, legte den Kopf schief und meinte: »Ich schäme mich so, aber ich kann nicht fliegen. Der alte Mann, dem ich gehörte, hat mir die Flügel gestutzt.«

Da setzte Pips Schipp auf den Boden und nahm Ka, den bunten Vogel, auf den Arm. »Armer kleiner Kakadu«, sagte sie. »Komm, ich trage dich.«

»Bleib hier, bis deine Federn wieder gewachsen sind«, sagte Kim und nahm die Kiste, die Kas Boot gewesen war, unter den Arm.

So zogen sie zum Leuchtturm.

Schreckliche Geschichten

Inzwischen war die Sonne aufs Meer gesunken. Es wurde Abend und Onkel Guckaus erwachte.

»Möchte wissen, wo der Bengel steckt«, sagte er und dann schaute er zum Fenster hinaus. Da sah er alle kommen. Auch Vater Schluckauf hatte sich ihnen angeschlossen. Am Hafen ließen sie eine Kiste ins Wasser und machten sie mit einem Strick fest. Dann kamen sie näher und er hörte sie die Treppe rauftrappen, -kriechen, -schleichen und -humpeln und dann traten sie alle in die Stube.

»He, was für 'ne Prozession«, meinte Onkel Guckaus.

»Es ist ein Kakadu!«, sagte Kim.

»Na, dann macht es euch mal alle in meiner Stube gemütlich!«, lud Onkel Guckaus sie ein und strahlte über das ganze Gesicht.

»Ein richtiger Kakadu! Wo ich doch das letzte Mal bloß eine Krähe gehabt habe. Ich hoffe, du bleibst ein bisschen hier?«

»Bis ihm seine Flügel wieder gewachsen sind, mindestens«, erklärte Kim.

»Das wollen wir ihm auch geraten haben«, sagte Onkel Guckaus. »Da muss ich euch doch gleich eine seltsame Geschichte erzählen, die ich von einem Segelschiffer weiß. Aber erst setzt euch mal auf meine seidenen Kissen und unser Gast kommt in den goldenen Käfig hier – die Tür nehmen wir aber ab, weil es bei uns keine Gefangenen gibt. Und Vater Schluckauf und ich, wir trinken erst einmal einen herzhaften Schluck zur Feier des Tages aus dieser großen Flasche!« So taten sie es.

»Hol's der Deubel – huck«, sagte Vater Schluckauf. »Jetzt kriegen wir noch einen Roman zu hören!«

»Es gibt auch andere Inseln im Ozean«, erzählte Onkel Guckaus. »Und auf manchen wohnen nicht gastfreundliche Leuchtturmwärter und Fischer mit ihren Kindern und ihrem Viehzeug, sondern Wilde, die Besuch gar nicht schätzen. Eine Insel gibt es, da wohnen ganz besondere Leute. Nämlich solche, die nichts lieber essen als Papageien und die es ganz fabelhaft verstehen, diese zu fangen, und an die zweihundert verschiedene Rezepte kennen, wie sie am schmackhaftesten zubereitet werden können.«

»Ei der Deubel – huck«, ließ sich Vater Schluckauf vernehmen. »Du bist ein verflixter Erzähler, Guckaus. Man sieht das alles so richtig vor sich.«

»Hier passiert dir nichts«, sagte Pips zu Ka und: »Darf ich dich morgen malen?«

Onkel Guckaus klatschte in die Hände und

sagte: »Marsch, nun ins Bett – es wird dunkel – ich muss die Lampe anzünden.«

Er stieg auf den Turm und die anderen gingen in ihre Betten oder in ihren Stall. Es wurde dunkler und dunkler, nur der weiße Lichtstrahl des Scheinwerfers leuchtete durch die Nacht.

Vorsicht

Es war wieder heller Tag. Schipp war gerade unterwegs mit Ka. Er hatte ihn vom Leuchtturm abgeholt, weil Pips ihn malen wollte. So gingen sie nebeneinander durch das grüne Gras auf das Häuschen zu, das sich Pips als Hintergrund ausgesucht hatte und wo sie gerade ihren Farbkasten bereitstellte.

Vorher aber kamen sie am Hafen vorbei und Ka sagte: »Es ist nichts Besonderes, wenn Katzen mit vier Beinen weit und gut laufen können. Aber ein Kakadu mit zwei Beinen, dem man die Flügel gestutzt hat, ist es gewöhnt, zu fliegen. Es wäre für ihn gut, eine kurze Pause zu machen.«

So setzten sie sich auf die Mole in die Sonne und Schipp starrte ins klare Wasser, wo die Fische schwammen, und dann fragte er: »Wie bist du auf den Gedanken gekommen, eine Seefahrt zu machen?«

»Der Gedanke ist auf mich gekommen!«, erwiderte Ka. »Als mir der alte Herr, dem ich gehörte, die Flügel gestutzt hatte, habe ich mich über ihn geärgert und bin ihm ausgerissen. Und bin an einen Fluss gekommen und da lag eine kleine Kiste – ach, da ist sie ja – siehst du sie?«

Ka ging zu der kleinen Kiste, die dort im Wasser schaukelte, und sagte: »In diese Kiste bin ich eingestiegen und habe mich hinter dem Rand versteckt – siehst du, genauso, wie ich es jetzt mache – und als ich wieder einmal über den Rand guckte, da war ich mit der Kiste schon ein gutes Stück flussab geschwommen, und als ich lange geschwommen war, da war das, worauf ich schwamm, kein Fluss mehr, sondern der Ozean. Und ich habe viele Tage gehungert, bis ich an eure Insel gekommen bin, denn ich bin immerzu getrieben und getrieben – geradeso wie jetzt!«, klagte Ka.

Der dumme Ka. »Vorsicht! Steig schnell aus!«, rief Schipp. »Du schwimmst wieder davon!«

Denn die kleine Kiste hatte sich gelöst, als Ka eingestiegen war, und jetzt trieb sie langsam im Wind an der Mole vorbei.

»Hilfe – Hilfe – ich schwimme wieder davon!«, rief Ka.

Aber da war nun nichts mehr zu machen. Schipp konnte ihm gerade noch zurufen: »Ich hole Pips, ich hole Kim« – und rasch davonlaufen.

Ka aber trieb schneller und schneller auf das Meer hinaus, und bald war er nur noch ein kleiner Punkt auf dem Wasser, und dann war er nicht einmal mehr das.

Kim war gerade im Stall, um Zie zu füttern, als Pips und Schipp aufgeregt hereinkamen und ihm zuriefen: »Ka ist davongetrieben worden!«

»Dann müssen wir ihm helfen und hinterhersegeln.«

»Jawohl«, meckerte Zie. »Vielleicht könnte er verhungern.«

»Oder von den Papageienfressern gefangen werden«, meinte Pips.

Unangenehme Fahrt auf dem Ozean

Zuerst war Ka so erschrocken gewesen, als er plötzlich wieder absegelte, dass er gar nichts sagte. Dann aber fing er an »Hilfe – Hilfe!« zu schreien.

Als er sich heiser geschrien hatte, wurde er traurig und müde und legte sich in die Ecke seiner kleinen Kiste und schlief ein. Er schlief ziemlich lange, manchmal erwachte er und dann schlief er wieder. Und je länger es dauerte, umso hungriger wurde er.

Nachdem die Sonne mehrmals gesunken und wieder aufgegangen war, dachte er, dass er doch mal schauen müsse, ob kein Land zu sehen sei. Er richtete sich also ganz vorsichtig auf und steckte seinen Kopf über den Rand.

»Nanu«, sagte er. Er sagte es ziemlich laut, wie um zu hören, ob er noch lebte. Dann hob er seinen Schnabel mit seiner Nase noch etwas höher und blinzelte rechts und blinzelte links. »Nanu«, sagte er. »Rechts ist nichts und links ist nichts, alles ist grau.«

Das sah aber nur so aus, weil es neblig geworden war.

Gerade wollte sich Ka wieder hinlegen, als er es von ferne krächzen hörte.

Was da ankam, sah so aus, als ob es sich den

Kopf gar nicht gerne wüsche, denn es war überall ganz weiß bis auf das Gesicht und um die Ohren herum; da war es schwarz. Und dieses Wesen flog mehrmals um Kas Schiff.

»He!«, krächzte Ka hinauf.

»He!«, krächzte das Weiße hinunter.

Dann setzte sich Möwe auf den Rand der Kiste und wippte mit dem Schwanz. »Ich heiße Möwe – und du?«

»Ich heiße Ka«, sagte der Kakadu.

»Schade«, meinte Möwe.

»Warum?«, fragte Ka.

»Gestern traf ich einen Löwen und mit dem reimte ich mich. Möwe und Löwe, das reimt sich.«

»Ich habe ihn auch getroffen«, erzählte Ka freudig. »Vielleicht treffe ich ihn bald wieder?«

»Das glaube ich nicht«, sagte Möwe.

»Warum nicht?«, fragte Ka.

»Weil das, was ich da kommen sehe, nichts Gutes ist. Ich sehe schwarze Wolken, schweren Sturm und riesige Wogen.«

»Was soll ich tun?«, fragte Ka ängstlich.

»Noch gar nichts!«, sagte Möwe. »Erst muss der Sturm kommen und die Wellen müssen hochgehen und dann muss Wasser in dein Boot schlagen. Dann musst du noch eine Weile aushalten und erst im letzten Augenblick musst du dich in Sicherheit bringen!«

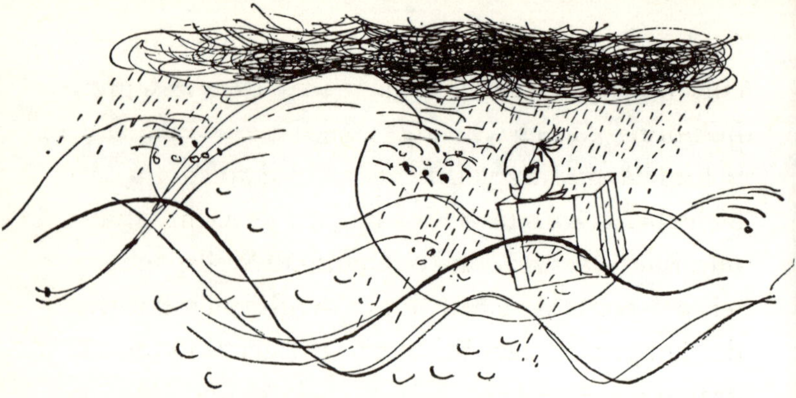

Und wirklich, die Kiste begann zu schaukeln, der Himmel wurde schwarz und schwärzer und das Wasser dunkelgrün. Es hob und senkte sich, der Wind zauste in Möwes Gefieder. Immer heftiger und toller wurden die Wellen. Ka krallte sich am Boden seines Schiffchens fest.

»Kann ich mich jetzt noch nicht in Sicherheit bringen?«, fragte er ängstlich.

»Wenn ich nur wüsste, wohin«, krächzte Möwe. »Leg deinen Rettungsring an!«

»Ich hab keinen!«, rief Ka. »Jemand soll kommen und mich retten. Kim und Pips sollen kommen und mich retten. Könntest du nicht zu ihnen hinfliegen?«

Möwe antwortete: »Ich fliege – ich fliege – halte aus – halte aus!« Und sie hob sich empor in die Luft. Als sie so hoch war, dass Ka sie fast nicht mehr sehen konnte, stieß sie plötzlich einen lauten

Schrei aus und rief: »Halte aus, Ka – ich sehe eine einsame kleine Insel; da kannst du dich in Sicherheit bringen.«

Ka aber konnte gar nichts mehr denken – weder Sicherheit – noch Insel – noch Hilfe! Er dachte immer nur: Rauf – runter – rauf – runter! Die Wellen schubsten ihn hoch wie einen Korken und ließen ihn wieder fallen wie einen Backstein und der Wind heulte dazu und die kleine Kiste knackste und stöhnte. »Ach –«, seufzte Ka. »Wäre ich doch nur nicht in diese Kiste gestiegen!« Aber dazu war es nun zu spät.

Plötzlich machte es bum! und krach! und Ka dachte: Pfui, mein Fuß wird nass, aber da war es nicht mehr nur sein Fuß, sondern der ganze Ka, der nass wurde, denn die Kiste konnte nun nie mehr als Boot benutzt werden, weil es nur noch einzelne Bretter waren, die umherschwammen.

Ka wurde auf einem Brett von den Wogen umhergeschleudert.

Möwe kam ganz nahe zu ihm herab und schrie: »Halte aus! Atme tief und ruhig, die Insel ist ganz nahe – du treibst genau auf sie zu!«

Und richtig, als er nach einer Weile von einem Wellenberg hochgehoben wurde, sah er die Insel aus Stein und Felsen vor sich auftauchen – und fühlte Boden unter seinen Füßen. Langsam und müde konnte er an Land kriechen.

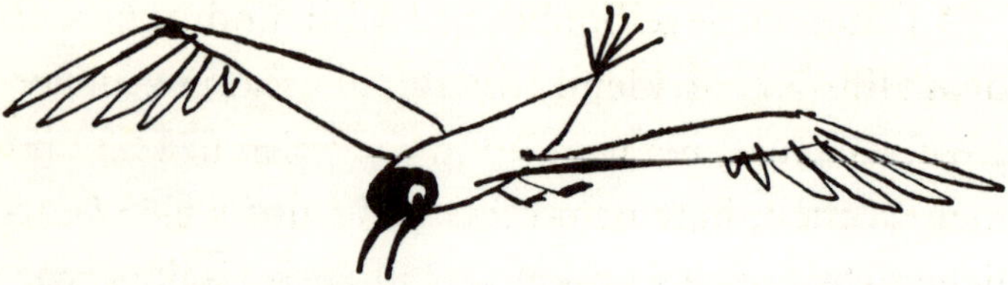

Auf einem großen Stein ließ er sich nieder. Möwe schoss mit dem Ruf »Ich hole Kim und Pips!« davon.

Gerade wollte Ka aufatmen und unter seinem Schnurrbart aus Federn ein bisschen lächeln, da fiel sein Blick auf ein Schild:

INSEL DER PAPAGEIENFRESSER
ALLE PAPAGEIEN WERDEN VOR DEM
BETRETEN DIESER INSEL GEWARNT.
DER TIERSCHUTZVEREIN

Da steckte er vor lauter Schreck seinen Kopf unter den Flügel.

Aufbruch zur Rettung

Onkel Guckaus schlief in seinem Lehnstuhl und Vater Schluckauf war mit seinem Segelboot auf dem Meer. Deshalb lag nur noch ein Segelboot im Hafen der Leuchtturminsel.

An diesem Segelboot stand Kim und sah nach dem Himmel, ob kleine Wolken oder sonst ein Zeichen, das auf günstigen Wind schließen ließe, kommen wollten. Pips belud das Schiff mit vielen köstlichen Dingen aus Onkel Guckaus' Speisekammer: mit Konserven und Lebertran, mit Karotten, Kohl und Gemüse, mit frischem Wasser zum Trinken, mit Zwieback und auch mit einem ganz kleinen Medizinschrank voller Tabletten. Schipp lag oben im Mastkorb und streckte seinen Schwanz als lebendige Windfahne hinaus. Da lag er eine ganze Weile, aber plötzlich kletterte er sehr schnell den Mast hinab und rief: »Kim, es weht gleich ein sehr günstiger, guter Segelwind!«

»Seid ihr fertig?«, rief Kim.

Pips stieg ein und Schipp stellte sich an den Bug des Schiffes, um Ausschau zu halten, und Kim begann den Anker hochzuwinden.

Nur Zie zögerte. »Dies ist zwar eine elende, einsame kleine Insel«, sagte sie, »aber immer noch besser und sicherer als ein noch kleineres Segelboot auf dem großen Ozean.«

»Aber am einsamsten ist eine Ziege auf einer Insel, wo sich niemand um sie kümmert«, erklärte Pips. »Steig ein!«

Zie stieg ein und Kim setzte das Segel und so segelten sie aus dem Hafen hinaus aufs offene Meer.

Möwe flog inzwischen zur Insel. Und – wenn man die Welt von oben betrachtet, dann ist sie flach wie eine Landkarte, aber Möwe war daran gewöhnt, dass eine Insel nichts anderes war als eine Art Klecks im Wasser.

Sie fand den Klecks, der »die Leuchtturminsel« genannt wurde, und ließ sich zum Leuchtturm hinabgleiten.

»Hier ist aber niemand«, sagte sie, als sie auf dem eisernen Geländer oben auf dem Turm wippte.

»Hier ist jemand, der im Lehnstuhl sitzt und schläft und Pfeife raucht«, sagte sie, als sie den schwarzen Kopf zum Fenster der guten Stube hineinsteckte.

»Hier war mal jemand, der gerne Körner fraß«, sagte sie, als sie in den Stall hineinschaute.

»Hier ist auch ein Netz, das im Wind vor dem Haus baumelt«, sagte sie, als sie Vater Schluckaufs Häuschen sah.

»Eine einsame Insel ohne Leute«, staunte sie. »Nur ein schlafender Mann ist hier. Es ist schrecklich, aber ich muss zwei kleine Segelboote auf dem großen Ozean suchen, zwei Segelboote, die hin und her segeln!«

Und so schwang sie sich bekümmert wieder in die Luft.

Die Richtung muss man wissen

Vier saßen in einem Boot und das Boot lag im Wind und segelte geradewegs in den unendlichen Ozean hinein. Pips hatte sich in der Kajüte zu schaffen gemacht und Zie stand an Bord und schaute und schaute in das Kielwasser, wie es sich hob und senkte.

Sie schaute und schaute ohne aufzugucken; ihr Kopf hing tief am Hals und sie stöhnte leise: »Oh – wie viel angenehmer ist es doch auf einer ruhig liegenden Insel als auf einem schwankenden Boot.«

Schipp saß dagegen ganz vorne und lugte mit seinen feinen, scharfen Katzenaugen, ob er nichts sähe, was Kas treibende Kiste sein könnte. Schließlich ging er zu Kim, der das Steuer hielt und manchmal durch sein großes Fernrohr schaute, und sagte zu ihm: »Kim, du kannst sehr schön segeln. Und das beruhigt mich.«

»Hast du Ka noch nicht entdeckt?«, fragte Kim.

»Ich schaue und schaue immerzu«, erwiderte Schipp, »aber ich glaube nicht, dass ich ihn entdecken kann. Denn als ich ihn zuletzt sah, da war er gerade dahin getrieben, wo wir nicht hinsegeln.«

»Als ich ihn aber sah«, meinte Kim, »da war er gerade da, wo wir hinsegeln – gerade unter der Sonne.«

»Wir haben ihn eben zu verschiedener Zeit gesehen«, erklärte Schipp. »Und es ist schade, dass sich alles bewegt. Die Sonne bewegt sich, unser Schiff bewegt sich, Kas Kiste bewegt sich – was passiert denn, wenn sich nun alles auseinander bewegt?«

»Ich habe ja einen Kompass«, sagte Kim, »der zeigt immer die gleiche Richtung.«

»Du schon!«, seufzte Schipp. »Aber Ka hat bestimmt keinen bei sich.«

»Du hast Recht«, gab Kim zu, seufzte auch, starrte in die Ferne und runzelte die Brauen.

Inzwischen war Möwe ganz hoch hinaufgeflogen, damit sie auf einmal sehr viel übersehen konnte. Nach vielen Stunden sah sie ein weißes Segel am Horizont und dachte: Hurra, ich habe sie gefunden!

Aber schon während sie näher kam, sah ihr das, was im Boot saß, nicht nach Kim aus, und als sie auf der Mastspitze landete, sah sie, dass das, was darinnen saß, ein Mann mit grauen Haaren war.

»Oje – oje«, seufzte sie und rief hinab: »Du bist gewiss nicht Kim?«

»Ach du Deubel – huck«, wunderte sich Vater Schluckauf und starrte in die Höhe. »Nee, nee – Kim bin ich nicht. Wenn du Kim suchst, dann musst du auf die nächstliegende kleine Insel mit dem rot-weiß gestreiften Leuchtturm fliegen – huck –, dort hält er sich auf!«

»Dort ist er nicht«, erklärte Möwe, »denn er ist mit einem kleinen Segelboot davongesegelt und niemand ist auf der Insel, nur ein alter Mann im Leuchtturm.«

»Das ist Onkel Guckaus«, sprach Vater Schluckauf. Und dann dachte er eine Weile nach und meinte: »Wenn niemand sonst da ist, dann sind alle weggefahren – auch Pips – ach du Donnerwetter – huck – und warum wohl?«

»Weil sie Ka suchen, der auf dem Ozean verschollen ist und schiffbrüchig an den Strand einer kleinen Insel verschlagen wurde.«

»Ei der Deubel! Da muss ich doch gleich meinen Freund Guckaus wecken.«

Er riss sein Steuer herum und segelte zur Insel zurück. Möwe flog aber davon, um Kim und Pips weiterzusuchen.

Eine unangenehme Rettung

Wenn jemand von der Gefahr, zu ertrinken, sogleich in die Gefahr, aufgespießt zu werden, plumpst, dann fragt er sich, ob er nicht besser ertrunken wäre.

Jedenfalls Ka fragte sich das, als er auf einem Stein am Strand der Papageienfresserinsel saß. Auf der Insel wohnten nicht viele Leute, nur drei – sie hießen: Nenepapa, Nenemama und Nenekiki und waren Vater, Mutter und Tochter und ganz schwarz. Sie wohnten in der Mitte der Insel in zwei kleinen Hütten. Rund um die Hütten war ein Zaun aus Pfählen und der hatte ein Tor. Und dann kam ringsherum Urwald mit dichten Bäumen und Palmen und dann der Strand aus Sand und Steinen.

Heute fühlte sich Nenekiki nicht wohl. Sie war ein kleines Mädchen mit nur einem Baströckchen an und mit krausen Haaren und Ohrringen aus Muscheln. Und weil Nenepapa und Nenemama Nenekiki sehr lieb hatten, dachten sie sich: Wir müssen unserem armen kleinen Mädchen eine große Freude machen. Was so viel hieß wie: Wir wollen mal sehen, ob es nicht einen Papagei zu fangen gibt.

Sie nahmen also die großen Papageienfängernetze von der Wand und schlichen sich aus der

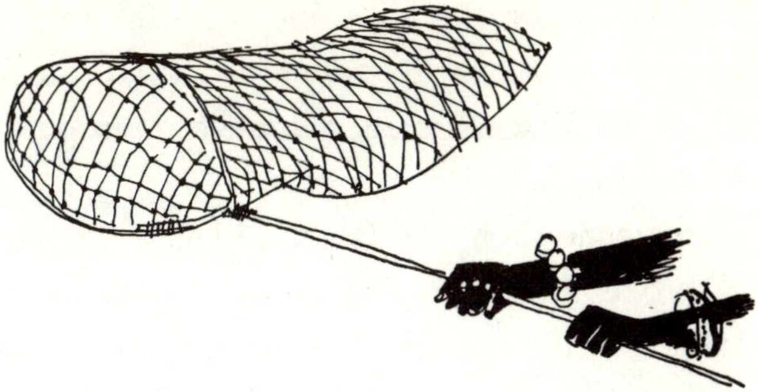

Hütte in den Urwald. Dort gingen sie auf Zehenspitzen und schauten in die Bäume, ob da nicht ein Papagei säße. Aber da saß keiner – und so gingen sie weiter an den Strand.

Da sagte Nenemama: »Da sitzt etwas Buntes am Wasser.«

Ka sah etwas Schwarzes kommen. Klapp, machte es – und Ka saß im Netz.

»Ein hübscher Papagei«, schrie Nenemama.

»Ich bin ein Kakadu!«, sagte Ka.

»Das ist für uns dasselbe, sie sind sogar noch feiner!«, erwiderte Nenemama und fügte hinzu: »Aber ein bisschen mager ist er, wir werden ihn erst mästen müssen.«

So wurde Ka in die Hütte zu Nenekiki gebracht.

Pips malt

Kim segelte weiter. Schipp runzelte die Stirn und sah besorgt in die Ferne: »Immer nur Wasser und Wasser!«

Und auch Kim machte ein besorgtes Gesicht und suchte den Horizont mit seinem großen Fernrohr ab. Zie hatte sich hinter eine Rolle Tau verkrochen.

Pips war viele Male aus der Kajüte herausgekommen und wieder hineingegangen.

Eines Abends holte sie ihren Farbkasten, setzte sich ganz vorne ins Schiff und malte den Sonnenuntergang. Sie brauchte kein Wasserglas; sie tauchte den Pinsel einfach über Bord, um ihn auszuspülen, und so blieben hinter dem Schiffchen lauter rote, grüne, blaue und gelbe Farbkleckse zurück. Plötzlich hörte sie Schipp aufgeregt rufen. Sie ließ alles fallen und rannte zu Kim und auch Zie richtete sich auf.

»Ich sehe etwas – ich sehe etwas!«, rief Schipp.

Kim hielt das Rohr an sein Auge und sagte: »Tatsächlich! Eine Art Kiste oder was Rotes!«

»Das ist er«, versicherte Pips.

Inzwischen kam das, was sie gesehen hatten, etwas näher heran und Schipp sagte: »Aber das Rote ist nicht Ka, sondern eine Art Segel, wie es die Seeräuber benutzen.«

»Noch nie habe ich gehört, dass Seeräuber in etwas fahren, was eher ein Waschfass als ein Boot ist.«

»Sicher ist es nichts Gutes«, rief Zie, »denn es sieht wie eine große Katze aus.«

Da schob Kim sein Fernrohr ineinander und sagte: »Es ist Löwe!«

Ja, er war es. Er saß da in dem, was man als Boot benutzen konnte, und schnupperte an Pips' Taschentuch.

»Hallo, Löwe!«, rief Pips. Am liebsten wäre sie ihm um den Hals gefallen.

»Ist das aber eine Überraschung – mitten auf dem Ozean!«, brummte Löwe gerührt.

»Was denn«, meckerte Zie. »Ihr wollt doch nicht etwa sagen, dass dieser große Löwe euer Freund ist, so wie dieser kleine Kater?«

»Ph«, machte Schipp. »Es kommt nicht darauf an, wie groß, sondern wie klug man ist.«

»Segelt ihr auch nach Afrika?«, fragte Löwe. »Dann würde ich gerne mit euch segeln. Es segelt sich so schlecht alleine auf dem großen Ozean.«

»Wir suchen einen Kakadu«, sagte Pips, »den du früher einmal getroffen hast. Hast du ihn jetzt wieder getroffen?«

»Nein«, antwortete Löwe. »Ich will euch suchen helfen. Übrigens bin ich ziemlich hungrig. Habt ihr zufällig etwas an Bord, was sich für einen Löwen eignen würde?«

»Eine Ziege!«, sagte Schipp.

»Du bist garstig!«, sagte Pips zu Schipp.

»Es war nur ein Scherz«, entschuldigte sich

Schipp, »weil manche Leute wieder lebendig werden, wenn man sie erschreckt.«

Richtig, Zie war auch lebendig geworden, sie war aufgesprungen – aber als der Löwe sagte: »Haustiere fresse ich nicht«, legte sie sich wieder hin.

Pips sah Löwe an und sagte: »Du wirst ziemlich viel zu essen brauchen. Ich weiß nicht, ob das, was ich mitgenommen habe, für uns alle reicht. Ich habe nicht daran gedacht, dass ich dich treffen würde.«

»Das ist es eben«, klagte Löwe. »Daran denkt niemand!«

Bald fuhr ein Segelschiff mit einem weißen Segel über den Ozean und hinten angebunden war eine Art Segelschiff mit rotem Segel, in dem ein Löwe saß, der Zwieback kaute. Und in dem Segelboot

mit dem weißen Segel saß Pips und malte Löwe in dem Segelboot mit dem roten Segel.

Nur von Ka war nichts zu sehen.

Möwe war sehr lange herumgeflogen und hatte nichts anderes gesehen als kleine weiße Wolken am Himmel. Endlich sah sie ein Segelboot am Horizont. Sie sauste hinunter, genau vor Kims Füße.

»Endlich! Ich dachte schon, ich würde euch nie finden.«

»Weshalb hast du uns denn gesucht?«, fragte Kim.

»Ich bringe eine Botschaft von Ka«, erklärte Möwe. »Er sandte mich um Hilfe zu euch.«

»Schwimmt er etwa noch im Ozean?«, fragte Pips.

»Nein«, sagte Möwe. »Er ist an eine Insel geschwemmt worden, und als ich wegflog, saß er auf dem Trockenen – unter einem Schild, auf dem der Name der Insel stand.«

»Hieß sie etwa Papageienfresserinsel?«, fragte Kim.

»Ich glaube, so hieß sie«, erwiderte Möwe.

»Dann müssen wir uns beeilen«, sagte Kim. »Kannst du uns den Weg zeigen, Möwe?«

»Segelt nur immer nach Süden. Es kann nicht mehr weit sein.«

Zum Glück kam eine starke Brise auf und Kim drehte das Steuer nach Süden.

Löwe richtete sich in seinem Boot auf und versprach: »Ich helfe euch Ka zu retten.«

Pips packte ihren Malkasten ein; sie war viel zu aufgeregt, als dass sie hätte weitermalen können.

Onkel Guckaus in Nöten

Als Vater Schluckauf erfahren hatte, was Möwe erzählt hatte, war er nach Hause gesegelt. Schon von weitem sah er, dass der kleine Hafen ein ausgestorbener Hafen war.

»Ach du Donnerwetter – huck«, murmelte Vater Schluckauf, verstaute sein Boot an der Mole und stiefelte keuchend den kleinen Hügel hinauf zu Onkel Guckaus.

»Guckaus«, rief er, »Kim ist weg und Pips ist weg und das ganze Viehzeug – huck – ist auch weg. Alle sind sie weg, weil der verflixte Kakadu weg ist, und dein Boot haben sie auch mitgenommen.«

»Was du nicht sagst!«, staunte Onkel Guckaus. »Das versteht ja kein Mensch.«

Vater Schluckauf erklärte ihm alles haarklein. Dann ging Onkel Guckaus auf den Turm und stellte den Scheinwerfer an, damit er auch dann leuchten würde, wenn keiner da war.

Er packte einen Rucksack voll Proviant und drängte Vater Schluckauf die Treppe hinab in den Hafen.

Dann stellten sie die große Nebeltute an, die auf Vater Schluckaufs Boot war, und segelten laut tutend auf den Ozean hinaus.

Es wurde dunkel, schon sah man den Strahl des Scheinwerfers über das Wasser huschen.

Erst ein Netz und dann ein Käfig

Da saß nun also der arme Ka im Netz von Nenemama und wollte kein Papagei sein, sondern ein Kakadu – aber Nenemama fand, da sei kein Unterschied. Und Nenepapa schnalzte mit der Zunge und sagte: »Ei, ei, mein kleiner Feiner«, steckte den Finger durch das Netz und kraulte Ka am Hals, aber Ka versuchte ihn zu beißen.

Dann nahm Nenepapa das Netz auf den Rücken und brachte Ka in die Hütte. Dort wurde er in einen Käfig gesteckt, der an der Decke hing.

Nenemama rief: »Guck mal, Nenekiki, was wir da Schönes mitgebracht haben! Einen richtigen feinen, wohlschmeckenden Papagei!«

»Ich bin ein Kakadu«, krächzte Ka aus dem Käfig.

»Aber das macht nichts«, lachte Nenepapa. »Die Kakadus schmecken vielleicht sogar noch besser als die Papageien.«

»Ich mag den Papagei nicht essen, ich mag überhaupt nicht essen, ich bin krank«, rief Nenekiki. Sie lag auf ihrem Bettchen aus Blättern und rief immerzu: »Ich mag ihn nicht, ich mag ihn nicht!«

Da hatte Ka einen sehr guten Gedanken. Er räusperte sich und sagte: »Wenn Nenekiki krank ist, darf sie keinen Braten essen, sondern sie muss von einem klugen Arzt behandelt werden, der sie ganz gesund macht. Kakadus sind die besten Ärzte, die es gibt, und ich habe noch nie gehört, dass man seinen Arzt schlachtet und auffrisst.«

Natürlich war Ka überhaupt kein Arzt; er schwindelte, aber er dachte sich eben: Besser schwindeln und nicht geschlachtet werden als nicht schwindeln und geschlachtet werden.

»Ich will den Papagei nicht essen, ich will von ihm behandelt und gesund gemacht werden«, verlangte Nenekiki.

»Du wirst gesund, wenn du ihn brav gegessen hast«, sagte Nenemama. »Erst kochen wir ein feines Süppchen.«

»Ich will kein Süppchen«, trotzte Nenekiki.

»Das Kind weiß sehr genau, was es braucht«, erklärte Ka gelehrt. »Nun, ich habe gesagt, was ich sagen musste. Was für unvernünftige Eltern gibt es doch!«

»Was meinst du damit?«, fragte Nenepapa.

»Nun«, sagte Ka, »Eltern, die ihr Kind kränker und kränker machen.«

»Solche Eltern gibt es nicht«, meinte Nenemama.

»Doch«, sagte Ka.

»Hört mal auf!«, befahl Nenepapa. »Kannst du Nenekiki gesund machen? Wir könnten dich braten, nachdem du sie gesund gemacht hast!«

»Ah – bah«, sagte der Kakadu. »Wenn ich versuchen soll eure Tochter wieder gesund zu machen, dann müsst ihr mir die Freiheit versprechen! Übrigens braucht ihr mich sowieso nicht einzusperren, denn ich kann gar nicht fliegen!«

»Warum nicht?«, fragte Nenemama.

»Weil ich Arzt bin«, schwindelte Ka. »Alle Arztkakadus lassen sich zum Zeichen ihrer Würde die Flügel stutzen. Sie brauchen nicht zu fliegen, denn sie werden sehr geehrt und von allen Leuten herumgetragen und -gefahren.«

»Das ist fein«, rief Nenekiki und klatschte in die Hände.

»Vielleicht ist er wirklich Arzt?«, meinte Nenepapa. »Man könnte es doch einmal versuchen. Wenn du Nenekiki gesund machst, dann sollst du frei sein!«, versprach er Ka und ließ ihn aus dem Käfig.

Ka stolzierte aus dem Käfig und räusperte sich. Dann ging er an Nenekikis Bett, hüpfte auf den Rand und sah ihr ernst in die Augen.

»Soso, meine liebe Kleine – na, wie fühlen wir uns denn heute?«, forschte er. »Nun ist ja der gute Onkel Doktor da, da wird es uns gleich besser gehen.«

»Ich will keine Papageien essen«, sagte Nenekiki.

»Das ist klug, mein Kind«, lobte Ka. »Wir wollen mal den Puls fühlen!«

Er setzte sich auf Nenekikis Handgelenk und wippte so oft mit dem Schwanz, wie er es klopfen fühlte.

»Jaja«, sagte er sorgenvoll. »Es kommt aus dem Magen. Irgendetwas liegt darin, was ihm nicht bekommt.«

Dann sprang er auf Nenekikis Brust, legte sein Ohr darauf und sagte: »Tief atmen! Etö – etö – husten. Jaja, aber es hat sich auf die Brust gelegt. Wir werden einen Wickel verordnen!« Und dann hüpfte er noch höher hinauf bis an den Hals und sagte: »Nun mach mal deinen Mund auf und streck die Zunge heraus und sag: ›Aaaaa!‹« Nenekiki streckte die Zunge heraus und Ka sah tief in den Hals hinein und stellte fest: »Bis zum Hals ist es noch nicht gekommen.« Dann verordnete er einen nassen Wickel auf die Brust und auf den Bauch.

Nenepapa sagte zu ihm: »Nun wollen wir mal abwarten, ob Nenekiki gesund wird. So lange musst du eingesperrt in unserer Stube bleiben. Aber wenn Nenekiki nicht gesund wird, dann wirst du geschlachtet.«

So kam es, dass Ka in der Hütte herumstolzierte und kein Auge von Nenekiki ließ, ob sie noch nicht gesund geworden sei.

Aber sie strampelte nur mit den Beinen und schrie erbärmlich, als Nenemama ihr den nassen Lappen auf den Bauch legte. Nachher lag sie wieder so still wie vorher auf ihrem Bettchen.

Viele Stunden warteten Nenemama und Nenepapa darauf, dass Nenekiki gesund werden würde. Aber am meisten wartete doch Ka.

Wichtig schritt er vor Nenekikis Blätterbett auf und ab und von Zeit zu Zeit hüpfte er empor und schaute seine Patientin mit schief gelegtem Kopf an und manchmal fühlte er ihr den Puls.

Als er gerade wieder einmal den Puls fühlte, hüpfte er durch die Luft und landete in der Ecke der Hütte. Nenekiki hatte »Hatschi!« gemacht.

»Sie wird gesund«, krächzte Ka. »Sie wird ganz schnell gesund.«

Aber Nenepapa grollte: »Sie hat sich auch noch einen Schnupfen geholt von dem kalten, nassen Wickel.«

»Hatschi!«, machte Nenekiki. »Ich esse keine Papageien!«

»Sei ganz ruhig, mein Kleines!«, sagte Nenemama. »Du brauchst keinen Papagei zu essen, wir werden den dummen Kerl für uns in den Kochtopf stecken.«

»Nein, nein, sie wird gleich gesund, gleich gesund«, trompetete Ka.

Er verkroch sich in die Ecke und legte sich auf den Boden.

Nenepapa nahm ein großes Buch vom Regal und blätterte darin. »Nun, wie wollen wir denn den Papagei anrichten? – Mit frischem Speck gespickt, in Trüffelsauce, mit Kräutern garniert? Rezept einhundertfünfundachtzig?«

»Hatschi – hatschi!«, machte Nenekiki. »Ich esse keinen Papagei!«

»Das brauchst du auch nicht, mein armes Kind«, beruhigte Nenemama sie. Und zu Nenepapa gewandt sagte sie: »Nein, ich schlage Rezept zweiundneunzig vor: am Spieß knusprig geröstet, zwei Stunden gedreht, mit Ananas gefüllt, mit Kokosmilch übergossen, und dazu feinen Bananensalat.«

»Auch gut«, lobte Nenepapa. »Also wollen wir mal Wasser aufsetzen.« Nenemama nahm einen großen Topf, füllte ihn mit Wasser und setzte ihn aufs Feuer.

»Ach«, flüsterte Ka, »wenn doch Kim und Pips kämen und mich retteten!«

Man landet

Es ist aber nicht so einfach, einen gefangenen Kakadu aus einer Papageienfresserhütte herauszuholen.

Kims Segelboot war immerfort nach Süden gesegelt und das kleine Boot mit dem roten Segel, in dem ein Löwe saß, der Zwieback kaute, war hinterhergetrudelt. Und endlich konnte Schipp, der im Bug des großen Segelbootes stand, den Ruf: »Land in Sicht!« ausstoßen.

»Da ist die Insel!«, rief Möwe.

»Siehst du Ka?«, fragte Pips Kim, der durch sein großes Fernrohr schaute.

»Nein, ich sehe Ka nicht!«, sagte Kim. »Ich sehe nur ein Schild: ›Papageienfresserinsel!‹«

»Das ist die richtige Insel«, sagte Möwe. »Unter diesem Schild hat Ka gesessen.«

»Er sitzt nicht mehr dort«, stellte Kim fest.

»Dann ist er wohl gefangen worden«, sagte Schipp.

»Wenn er gefangen wurde, dann ist er auch schon gefressen worden«, meckerte Zie.

»Vielleicht ist er erst gerupft, aber noch nicht gebraten«, sagte Schipp.

»Wir müssen uns beeilen!«, rief Pips.

»Ja, aber wir dürfen nicht gleich von vorne an die Insel heranfahren«, sagte Kim. »Wir wollen die Segel einziehen und leise näher rudern. Möwe fliegt schnell um die Insel und meldet uns, ob sie Späher sieht oder Ka und ob wir landen können. Löwe ist so freundlich und steigt in unser Boot – und wenn uns dann jemand mit einem Löwen kommen sieht, dann kriegt er Angst und reißt aus, denn er kann ja unmöglich wissen, dass dieser Löwe gerade den ganzen Zwieback einer großen Schiffsmannschaft aufgefressen hat.«

»Es war nur der Proviant einer sehr kleinen Mannschaft!«, sagte Löwe beleidigt, während er von einem Boot ins andere umstieg. Pips stellte sich neben ihn und kraulte ihn am Hals.

Möwe segelte pfeilschnell dreimal um die Insel. Als sie wiederkam, ließ sie sich auf dem Bootsrand nieder und sagte: »Ich habe gar nichts gesehen. In der Mitte im Wald sind zwei Hütten und sicher sind die, die wir suchen, in diesen Hütten.«

»Man ist beim Festschmaus!«, sagte Zie.

»Das glaube ich nicht«, sagte Möwe. »Jedenfalls hörte ich nichts. Wir müssen jetzt landen und dann dicht an die Hütten herangehen und sehen, was los ist!«

»Gut!«, stimmte Kim zu.

Inzwischen waren sie schon nahe an der Insel.

Der Sand knirschte unter dem Bug ihres Bootes und sie konnten den Anker runterlassen.

»Jetzt gehen wir Ka befreien«, sagte Pips und wollte aussteigen.

»Nicht doch«, widersprach Kim. »Wir müssen erst beraten, wie wir es am besten machen.«

»Ph«, sagte Schipp. »Wir müssen erst wissen, was in der Hütte los ist. Wir wollen uns an die Hütten heranschleichen und jemand sehr Starkes muss das Schiff bewachen, damit es nicht inzwischen geraubt wird, während wir weg sind.«

»Das ist richtig«, sagte Kim. »Ich und Pips und Schipp und Möwe schleichen uns an die Hütten an. Möwe ist sehr wichtig, weil sie hin- und herfliegen und Botschaft bringen und Hilfe holen kann.«

»Ich kann sehr gut schleichen«, sagte Zie. »Auf keinen Fall bleibe ich länger in diesem elenden, wackligen, winzigen Kahn. Und auf gar keinen Fall bleibe ich mit diesem großen, gelben, katzenähnlichen Tier zusammen allein, denn man kann ja nie wissen, ob es mich nicht aus Spaß mit einem Zwieback verwechselt.«

Und weil sie fast weinte, sagte Pips: »Gut, bleib bei mir!« Und dann ging sie, um Verbandszeug und Medizin zu holen. Und sie bat Löwe, dass er auf alles aufpassen solle, auch auf den Rest des Proviants und der Medizin, die man vielleicht noch brauchen könne.

Kim schnallte sich ein Beil um und Schipp schärfte seine Krallen am Mast und Zie ihre Hörner und Möwe probierte ihre Schwingen aus, damit sie im Fall der Gefahr sehr schnell fliegen könne, und dann stiegen sie aus und wateten an Land.

»Toi, toi, toi!«, sagte Löwe, der im Boot zurückblieb.

Vorsichtig tappten sie durch den Wald, sie konnten ja nicht auf dem breiten Weg einfach zu den Hütten spazieren. Schließlich kamen sie an den Zaun und krochen an ihm gebückt entlang bis hinter die kleine Hütte. Da machten sie Halt, hockten sich nebeneinander und spitzten die Ohren.

Sie hörten es murmeln und manchmal auch klappern, wie von Töpfen, und Zie flüsterte: »Sie waschen schon das Geschirr auf!«

Aber dann hörten sie es niesen; es klang nicht nach einer fröhlichen Mahlzeit.

»Schleich du dich an!«, sagte Kim zu Schipp. »Vielleicht kannst du etwas entdecken.«

Schipp legte die Ohren an und schlich durch den Zaun bis zur Hütte. Eine lange Weile war er verschwunden.

Als Schipp zurückkam, flüsterte er aufgeregt: »Ka lebt noch, er sitzt in der Ecke am Boden und zwei Papageienfresser kochen Wasser. Ein Mädchen liegt auf einer Art Bett. Ka ist nicht angebunden – und ich habe ein kleines Loch unter der Hüttenwand gesehen. Wenn ich noch ein wenig grübe, könnten wir Ka herausholen.«

»Nein, das können wir nicht tun, denn das würden sie sofort merken und hinter uns herkommen. Wir müssen Zeit gewinnen, um abzusegeln, ehe sie etwas gemerkt haben.«

»Wie wollen wir das machen?«, fragte Zie.

»Wir müssen etwas hintun, was so aussieht wie Ka, aber doch nicht Ka ist«, war Kims Rat.

»Möwe«, meinte Pips. »Wir tun Möwe hinein.«

»Vielen Dank!«, sagte Möwe empört.

»Das ist gut!«, sagte Schipp. »Denn sie haben Ka nicht angebunden, weil er nicht fliegen kann. Möwe aber kann fliegen – und wenn sie geschlachtet werden soll, fliegt sie einfach davon.«

»Ich bin aber weiß«, sagte Möwe.

»Ich male dich an«, schlug Pips vor. »Mit meinem Farbkasten mache ich aus dir einen schönen bunten Papagei.«

»Wenn aber jemand Wasser auf mich gießt, dann fließt die ganze Farbe wieder davon«, sagte Möwe.

»Nun«, meinte Kim, »dann kommen wir alle und holen dich. Ich glaube, du wirst es tun, denn so können wir Ka retten, und du bist die Einzige, die es tun kann. Und alle deine Verwandten und Kinder und Kindeskinder werden bewundernd von deiner guten Tat sprechen.«

»Ich habe immer gesagt, dass ich es tun will«, sagte Möwe, »aber man muss vorher an alles denken, was passieren könnte.«

Nun ging Pips mit Möwe schnell zurück durch den Wald an den Strand.

Gerade wollte Pips in das Boot hineinklettern, da kam ein dicker, großer Kopf vor ihnen emporgeschossen und eine dunkle Stimme donnerte: »Runter – oder ich fresse dich!« Dann erst sah Löwe, dass es Pips und Möwe waren, und er schämte sich.

»Dummer Löwe!«, sagte Pips. »Du wirst alle Papageienfresser mit deinem Gebrüll an den Strand locken!«

»Ich dachte, sie wären es«, entschuldigte sich Löwe. »Ich lag hinter der Bootswand zum Bewachen und hörte Schritte und hörte es an der Wand emporklettern und versteckte mich, um den, der da käme, sehr zu erschrecken.«

»Du hast mich wirklich sehr erschreckt«, sagte Pips. »Aber ich habe jetzt keine Zeit. Hoffentlich hat uns niemand gehört. Komm her, Möwe! Hier ist mein Farbkasten.« Sie nahm den Farbkasten und Möwe stellte sich vor ihr auf und Pips bemalte Feder für Feder so bunt, wie Ka es war. Sogar die Flügel musste Möwe ausbreiten, damit sie darunter auch angemalt werden konnte.

»Pass auf!«, kicherte sie, als Pips mit dem Pinsel in den Achselhöhlen und auf dem Bauch herumfuhr. »Pass auf, es kitzelt!«

Endlich war Pips fertig. Möwe war schön rot und blau und grün wie ein richtiger Kakadu und Löwe saß andächtig davor und lobte: »Sehr hübsch, wirklich sehr hübsch!«

Pips kletterte mit Möwe wieder aus dem Schiff und Löwe kauerte sich wieder hinter die Wand, um aufzupassen.

Und ohne Gefahr kamen Pips und Möwe zu den anderen, die vor dem Zaun saßen und auf sie warteten.

»Wirklich, da kommt Ka«, sagte Zie.

»So«, nahm Kim das Wort, »und jetzt musst du mit Schipp durch den Zaun kriechen und dich an Kas Stelle setzen, und wenn dann eine lange Zeit verstrichen ist und wir mit Ka wieder im Boot sind, dann kriechst du durch dasselbe Loch wieder zurück und fliegst hinter uns her!«

»Wer weiß, ob ich noch fliegen kann, mit der vielen Farbe auf den Federn«, meinte Möwe.

Schipp kroch voran durch den Zaun und Möwe folgte ihr bis zur Hütte – und da schnupperte Schipp an der Wand entlang, bis er gefunden hatte, was er suchte. »Hier liegt Ka«, sagte er und fing leise an mit den Pfoten zu scharren.

»Es zieht«, vernahm man innen eine Stimme. »Daher hat Nenekiki einen Schnupfen bekommen und ich kann nichts dafür.«

Schipp flüsterte: »Pst, Ka! Halte dich ganz ruhig und gib kein Zeichen. Hinter dir ist ein Loch, komm schnell herausgekrochen!«

Der kluge Ka hatte ihn verstanden. Er drehte sich blitzschnell um – gerade als Nenepapa und Nenemama sich Feuer anmachten – und huschte durch das kleine Loch in die Freiheit. Möwe hüpfte an die Stelle, an der Ka gesessen hatte. Schipp und Ka sagten kein Wort, rannten schnell zu den anderen, die vor dem Zaun saßen und warteten.

Erst konnte sich Möwe in der Hütte gar nicht zurechtfinden, weil es so dunkel war. Sie saß eine Weile ganz ruhig und dachte, dass sie bald lange genug gewartet habe und wieder abfliegen könnte, als Nenekiki noch einmal nieste und Nenemama sagte: »Mein armes Kleines, der schlechte Papagei hat dich noch kränker gemacht, als du schon gewesen bist.«

»Jawohl«, grollte Nenepapa, »dafür muss er in den Kochtopf. Und damit er uns nicht in letzter Minute davonläuft, werde ich den schlechten Kerl jetzt in den Käfig setzen und einsperren.« Und schon hatte er Möwe am Kragen gepackt und in den Käfig gesperrt und die Tür zugeschlagen. Da flatterte Möwe mit den Flügeln und rüttelte an den Stäben und rief: »Aber ich bin kein Papagei!«

»Jaja, ich weiß, du bist ein Kakadu«, sagte Nenemama, »aber uns ist das gleich.«

»Nein, nein, ich bin auch kein Kakadu, ich bin eine Möwe«, schrie Möwe-Ka. »Und ich schmecke sehr schlecht und es ist alles ein Irrtum.«

»Komischer Vogel«, sagte Nenemama. »Jetzt ist er plötzlich eine Möwe.«

»Aber ich esse keinen Papagei und keine Möwe!«, rief Nenekiki zornig.

»Mein armes Kleines kriegt Bananen und Kokosnüsse«, versprach Nenemama. »Ach richtig – wir müssen ja noch Bananen und Kokosnüsse und Ananas aus dem Wald holen, um ein richtig schönes Papageiengericht fertig zu machen.«

»Ja«, sagte Nenepapa. »Wir müssen gehen, ehe es dunkel wird.«

Sie nahmen sich Messer, um die Früchte von den Bäumen zu schneiden, und Seile, um auf die Bäume klettern zu können, und Säcke, um die Früchte hineinzutun, und gingen aus der Hütte und ließen Nenekiki mit Möwe allein zurück.

Schon eine ganze Weile hatten sie Früchte gesam-

melt, da sah Nenepapa eine ganz besonders hübsche, große Kokosnuss auf einer Palme. Die Palme war sehr hoch, und als er endlich oben im Palmenwipfel angelangt war und schon das Messer ansetzen wollte, um die Nuss abzuschneiden, sah er plötzlich etwas am Strand. Er sauste am Stamm herab zu Nenemama und sagte: »Am Strand liegen zwei Boote, ein rotes und ein weißes. Fremde Leute am Strand bedeuten meist nichts Gutes.«

»Sicher sind es keine Papageienfresser«, meinte Nenemama.

»Sicher nicht. Vielleicht können wir sie fangen und einsperren und dann müssen sie für uns arbeiten.«

Sie schlichen sich an den Strand.

Als Nenepapa das Schiff entdeckt hatte, waren Kim, Pips, Ka, Schipp und Zie auf ihrer Flucht zum

Boot noch nicht sehr weit gekommen, denn sie schlichen sehr vorsichtig, um ja kein Geräusch zu machen.

Plötzlich hörten sie es laut niesen in der Hütte und Ka sagte: »Hoffentlich erholt sich Nenekiki von dem Schnupfen!«

»Wer ist Nenekiki?«, wollte Pips wissen.

»Ein nettes kleines Mädchen, das mich nicht fressen wollte«, erwiderte Ka.

»Und warum hat sie einen Schnupfen?«, fragte Pips.

»Weil ich sie mit einem nassen Wickel gesund gemacht habe«, sagte Ka.

»Also, nun hat sie einen Schnupfen«, meinte Pips nachdenklich. Und dann dachte sie: Ka hat Nenekiki krank gemacht, aber Nenekiki wollte Ka nicht fressen, deshalb muss ich sie gesund machen. Sicher ist sie ein sehr nettes Mädchen. Aber was sie da dachte, das sagte sie nicht laut, weil sie schon wusste, Kim würde sie nicht weggehen lassen. Sie sagte: »Komm, Ka, setz dich mal auf Zies Rücken, ich mag dich nicht mehr tragen.«

Zie ließ Ka aufsitzen und sprach: »Schleichen und tragen gleichzeitig, das ist das Schwerste, was es gibt!«

Pips aber guckte nach, ob sie noch all ihre Medikamente bei sich hatte, duckte sich hinter einen

Busch und ließ die anderen weitergehen, die nichts davon merkten, dass sie zurückblieb.

Ich kann ja schnell hinterherrennen, wenn ich Nenekiki die Medizin gegeben habe, dachte Pips. Sie lief sehr schnell zurück zu dem Loch im Zaun, machte es größer, kroch hindurch und ging auf Zehenspitzen bis zur Hütte. Nachdem sie ihr Ohr an die Wand gelegt hatte und nichts hörte außer einem Nieser und wie Möwe sagte: »Aber ich bin wirklich kein Papagei«, steckte sie ihren Kopf durch die Tür, sah Möwe im Käfig und ein kleines Mädchen auf dem Blätterbett.

Möwe sah Pips, schlug vor Freude mit den Flügeln und rief: »Da kommt Pips und rettet mich!«

Löwen vertragen nicht alles

Löwe war lange allein gewesen, hatte das Schiff bewacht und die Wellen und die Sandkörner auf dem Strand gezählt.

»Ich werde müde«, sagte er, »und müde Leute sind keine guten Wächter. Wenn man müde ist, muss man essen.«

Er erhob sich auf leisen Pfoten und ging in die Kajüte, um etwas Essbares zu holen. Er fand aber nur noch einen Zwieback. Deshalb suchte er weiter. Da war ein Kästchen mit Tabletten und kleinen Flaschen und darauf stand: Hustentropfen, Schnupfenpulver, Magenweh-Elixier, Wundcreme und Schlaftabletten.

»Das ist das, was ich suche, denn all diese Mittel sind gegen das, was draufsteht: Hustentropfen sind gegen Husten, Schnupfenpulver ist gegen Schnupfen und Schlaftabletten sind gegen Schlaf. Am besten, ich nehme gleich vier davon.«

Danach ging er auf das Deck zurück, um zu wachen, dahin, wo die große Rolle Tau lag und eine dicke Kiste stand. Und da wachte und wachte er so schön, dass er gar nicht merkte, dass er längst fest eingeschlafen war – kein Kanonendonner hätte ihn aufwecken können.

Nenepapa und Nenemama hatten lange hinter einem Baum am Strand gelegen und nach den Segelbooten geguckt.

Als sich nun gar nichts rührte, meinte Nenepapa: »Es ist niemand auf dem Schiff, also sind die, denen das Schiff gehört, auf der Insel.«

»Wir müssen hier warten, bis sie kommen«, sagte Nenemama.

»Nein«, erwiderte Nenepapa. »Wir gehen sofort hin, nehmen das Segel weg und verstecken uns hier.«

Sie schlichen sich zum Schiff und kletterten hinein. Sie beeilten sich, guckten nicht umher, sondern schnitten nur mit ihren langen Messern das Segel ab, steckten es in ihren Sack und stiegen wieder über Bord.

»Hier schnarcht doch was?«, fragte Nenemama, als sie gerade ausgestiegen waren.

»Ach, vielleicht reibt das Schiff auf dem Sand«, sagte Nenepapa. »Und wenn nicht, dann macht das jetzt auch gar nichts mehr.«

Und schon waren sie wieder im Busch verschwunden.

Gerade kamen Kim und Schipp und Zie aus dem Wald. Zie trug Ka zwischen ihren Hörnern; sie gingen alle auf Zehenspitzen und schauten zu ihrem Boot, mit dem sie schnell absegeln wollten.

Sie wateten durch das Wasser und Ka war froh, dass er zwischen Zies Hörnern sitzen durfte, sonst wäre er bestimmt untergegangen.

Als sie oben waren, fragte Kim: »Ist Ka da?«

Und als Ka rief: »Hier bin ich!« und Zie: »Ich habe ihn sicher aufs Schiff gebracht – ohne mich

wäre er ertrunken!«, ging Kim zum Mast, um das Segel aufzuziehen. Aber stattdessen schrie er: »Das Segel ist weg, wir können nicht absegeln!«

»Vielleicht hat Löwe es gefressen?«, meinte Zie.

Während sie noch herumschauten, schrie Ka: »Hilfe! Hilfe! Da kommen Nenepapa und Nenemama und wollen mich in den Kochtopf stecken.«

So schnell er konnte, lief er weg und versteckte sich hinter einem großen gelben Sack, der vorne lag.

Nenepapa und Nenemama waren ans Ufer zurückgegangen und riefen: »Ihr könnt nicht absegeln, denn euer Segel haben wir!«

»Gebt es wieder her!«, schrie Kim.

»Nein«, schrie Nenepapa, »denn ihr seid viele und müsst gefangen werden!«

»Ja, und müsst alle Arbeit für uns machen!«, schrie Nenemama. »Diese fette weiße Ziege werden wir schlachten und aus der gelben Katze werde ich mir einen schönen Pelzkragen machen. Und der Junge muss unser Holz hacken!«

»Ich bin nicht fett!«, schrie Zie.

»Ph, ich kratze dir die Augen aus!«, schrie Schipp.

»Ich werde euer Holz nicht hacken!«, schrie Kim. »Denn ihr werdet uns alle nicht fangen, sondern in Frieden absegeln lassen.«

»Wo ist der Papagei, den ihr uns geraubt habt?«, fragte Nenepapa.

»Er ist kein Papagei«, erklärte Kim, »sondern ein Kakadu – und überhaupt solltet ihr euch alle beide schämen!«

»Papperlapapp«, sagte Nenepapa. »Entweder ihr gebt uns sofort den Papagei wieder, dann werden wir euch in Frieden absegeln lassen, oder wir kommen auf euer Segelboot und dann wird aus euch alles das, was Nenemama eben so schön erklärt hat.«

Ka hatte die ganze Zeit hinter dem gelben Sack gelegen; plötzlich merkte er, dass es gar kein Sack war, sondern Löwe. Und als er das gemerkt hatte, dachte er erst, Löwe sei tot, aber dann hörte er ihn leise schnarchen und da hatte er eine gute Idee. Schnell sprang er auf Löwes Kopf und zwickte ihn ins Ohr, zerrte und zauste Löwe in den Haaren, bis er die Augen aufmachte und stöhnte: »Ich bin ja so müde.«

Ka rief: »Kim und Pips und Schipp und Zie und ich, wir sollen alle gefressen werden.« Und als Löwe hörte, Pips sollte gefressen werden, da gab es ihm einen Stich ins Herz. Davon wurde er etwas munterer, so dass er aufstehen und an die Reling gehen konnte.

Gerade wollten Nenemama und Nenepapa auf das Schiff klettern, da tauchte über ihnen ein großer gelber Kopf auf, der donnerte: »Was ist hier los? – Wer soll gefressen werden?«

Plumps, machten Nenepapa und Nenemama und lagen im Wasser. »Nie-nie-nie-nie-niemand«, stotterten sie, »nie-niemand soll gefressen werden.«

»Sie lügen – sie lügen!«, schrie Ka.

»Das werden wir gleich haben!« Löwe plinkerte mit den Augen. Er wusste noch gar nicht recht, was eigentlich vorging.

»Niemand wird hier gefressen. Nenepapa und Nenemama geben uns das Segel wieder und dann dürfen sie nach Hause gehen«, sagte Kim ruhig.

»Wir können euch das Segel erst wiedergeben, wenn ihr das grässliche gelbe Tier zur Seite nehmt«, sagte Nenepapa.

»Ich gehe nicht zur Seite, bis ich weiß, was ich nicht weiß«, sagte Löwe.

»Wenn ich denke, dass dieser Papagei unserem armen Kind so einen nassen Bauch gemacht hat, dann möchte ich ihn am liebsten doch noch fressen«, grollte Nenepapa.

»Steht auf und gebt uns das Segel!«, sagte Kim.

Nenemama und Nenepapa standen auf, holten das Segel aus dem Sack und kamen vorsichtig zum Schiff.

Löwe dachte mit geschlossenen Augen nach.

Kim nahm das Segel, band es an den Mast und

zog es auf, der Wind blähte es und Ka schrie: »Hurra, wir fahren ab!«

Da erinnerte sich Löwe: »Wo ist eigentlich Pips?«

Alle sahen sich an und wussten nicht, was sie denken sollten.

Wo ist Pips?

Pips war in Nenekikis Hütte eingetreten, in die dunkle Hütte, in der Nenekiki auf dem Blätterbettchen lag und Möwe in seinem Käfig vor Freude mit den Flügeln geschlagen und geschrien hatte: »Da kommt Pips und rettet mich!«

Pips warf nur einen Blick auf Möwes Käfig und sagte: »Du musst noch warten, erst muss das kleine Mädchen gesund gemacht werden!«

»Hatschi!«, machte Nenekiki. »Ich esse keine Papageien und kalte Wickel will ich auch nicht mehr haben.«

»Kalte Wickel sind sehr gut«, erklärte Pips und trat an ihr Bettchen. »Man darf sie nur nicht zu nass und zu kalt machen. Aber ich mache dir keine kalten Wickel und Papageien sollst du überhaupt nicht essen, nie mehr. – Hier gebe ich dir einen tüchtigen Schluck brauner Medizin!«

»Schmeckt sie gut?«, fragte Nenekiki.

»Sie schmeckt nicht gut, aber sie tut gut«, erwiderte Pips.

»Was krieg ich, wenn's nicht stimmt?«, fragte Nenekiki.

»Es stimmt schon, kleines Mädchen«, sagte Pips.

»Ich heiße Nenekiki«, sagte Nenekiki. »Gib mal her!«

Pips gab Nenekiki aus der Flasche zu trinken.

»Glucks!«, machte die Flasche und »uuh – brrr – bah« sagte Nenekiki und schüttelte sich.

Inzwischen ging Pips an Möwes Käfig und holte sie heraus.

»Schönsten Dank!«, sagte diese. »Es ist nämlich ein unangenehmer Gedanke, als Papagei gefressen zu werden, wenn man keiner ist.«

Sie hüpfte hinab und ging vor die Tür, damit sie sofort davonfliegen konnte, falls Nenemama und Nenepapa zurückkommen sollten.

Pips drehte sich um zu Nenekiki und fragte: »Nun, wie fühlst du dich?«

Nenekiki rief: »Großartig!«, sprang aus dem Bett und gemeinsam gingen sie aus der Hütte.

Möwe setzte sich auf Pips' Schulter; sie war noch etwas schwach von der überstandenen Aufregung.

Zwei kommen an den Strand

Kim und Schipp und alle anderen hatten sich lange sprachlos angesehen, als Löwe sagte: »Wenn Nenepapa und Nenemama hier unten im Wasser etwa Pips gefangen und gefressen haben sollten, dann sind sie in kurzer Zeit spurlos verschwunden.«

»Wir haben diese Pips bestimmt nicht gefressen«, versicherten Nenemama und Nenepapa. »Jedenfalls können wir uns nicht daran erinnern!«

»Da haben wir es«, sagte Löwe. »Wenn sich schon jemand nicht erinnern kann, dann ist er es bestimmt gewesen. Da, wo ich jetzt hinsehe, wird gleich nichts mehr zu sehen sein.« Löwe starrte durchdringend auf die Stelle, wo Nenepapa und Nenemama im Wasser standen.

»Es ist einfach schändlich!«, sagte Schipp.

»Grässlich«, sagte Zie.

»Es sind ganz schlechte Menschen«, sagte Ka. »Mich wollten sie auch fressen.«

»Nein, das kann ich mir nicht denken«, meinte Kim.

»Das ist mir gleich«, grollte Löwe. »Jedenfalls ist Pips nicht da.«

Ehe Kim ihn noch zurückhalten konnte, machte Löwe einen großen Satz, das Wasser spritzte, er wollte einen zweiten großen Satz machen und Nenepapa fressen, da schrie Ka: »Da kommt Pips!«

Und so kam es, dass Löwe Nenepapa und Nenemama doch nicht fraß.

»Es ist eine schwarze und eine weiße Pips«, sagte Zie.

»Ach, Unsinn«, rief Ka. »Es sind Pips und Nenekiki.«

»Du hast uns schöne Sorgen gemacht«, sagte Kim zu Pips. »Wir wollten absegeln und du warst plötzlich nicht da.«

»So ist es richtig«, sagte Möwe. »Ich sollte gefressen werden und wäre jetzt schon aufgespießt, wenn Pips mich nicht gerettet hätte, und nun bekommt sie auch noch Vorwürfe zu hören?!«

Nenemama und Nenepapa wären gerne ihrer gesunden Tochter um den Hals gefallen, aber Löwe saß noch im Wasser und rührte sich nicht von der Stelle, bis Pips zu Löwe watete, seinen dicken Kopf kraulte und fragte: »Na, hast du auch schön aufs Schiff aufgepasst?«

Löwe blinzelte verlegen: »Aufgepasst habe ich schon, aber das, was in deinen Medizinen ist, hält nicht, was es verspricht.«

»Dummer, alter Löwe«, sagte Pips.

Nenekiki war inzwischen zu Nenepapa und Nenemama gelaufen und hatte sie umarmt.

»Merkwürdig«, murmelte Nenepapa und schielte zu Möwe, die noch immer auf Pips' Schulter saß. »Da ist nun ein zweiter Papagei – aber ich will nichts gesehen haben.«

»Ich bin kein Papagei«, schrie Möwe.

»Ich weiß, ich weiß«, sagte Nenemama. »Du bist ein Kakadu!«

»Nein, auch kein Kakadu!«, schrie Möwe. »Ihr werdet gleich sehen, was ich bin!« Sie flatterte in die Luft, flog schnell und schneller empor und ließ sich ebenso rasch wieder hinabfallen, kopfüber ins Wasser.

»Hat sie sich nun aus Kummer ertränkt?«, fragte Zie besorgt.

Aber da kam Möwe raus, spritzte, klatschte und sprudelte und war weiß und sauber wie zuvor – nur der Kopf, der war schwarz geblieben. »Ich hätte euch gewünscht«, schrie Möwe Nenepapa und Nenemama zu, »dass ihr mich gefressen hättet, da hättet ihr vielleicht dumme Gesichter gemacht, denn Möwen sind zäh wie Leder.«

»Natürlich!«, flüsterte Ka. »So delikat wie Kakadus sind sie nicht.«

»So, jetzt segeln wir endlich ab«, sagte Kim.

»Nein«, sagte Nenekiki. »Das kleine weiße

Mädchen Pips hat mich wieder gesund gemacht und nun versprechen wir ihr, dass wir nie wieder Papageien essen wollen, und Kakadus auch nicht!«

»Jawohl«, stimmte Nenepapa zu, »das versprechen wir hiermit. Kein Bewohner der Papageienfresserinsel soll jemals wieder einen Papagei fressen!«

»Ich habe sowieso keine Lust, aus Versehen eine Möwe zu erwischen«, meinte Nenemama.

Kim sprang mit seinem großen Beil vom Segelboot hinunter, ging zu der großen Tafel vom Tierschutzverein und hieb sie um. Bums, da lag sie nun; es gab keine Papageienfresserinsel mehr. Das heißt – eine Insel gab es noch, aber sie hatte keinen Namen mehr.

Und wenn es keine Insel mehr gegeben hätte, dann wäre das, was jetzt laut tutend herangesegelt kam, auch nicht gelandet, sondern weitergefahren.

Es kam aber immer näher und Zie rief: »Wir bekommen Besuch!«

»Ph«, sagte Schipp, »es gibt keinen Besuch, sondern Schimpfe.«

»Es sind zwei große Männer mit struppigen Bärten«, erklärte Nenepapa.

Das Segelboot landete und Onkel Guckaus und Vater Schluckauf schauten über Bord.

»Ja, du Schockschwerenot«, polterte Onkel

Guckaus los. »Da sind nun die Kinder gemütlich am Strand einer Südseeinsel.«

»Wie du sagst«, meinte Vater Schluckauf. »Donnerwetter – huck –, es bleibt einem glatt der Verstand stehen.« Aber dabei strahlten sie beide über das ganze Gesicht. Dann stiegen sie aus und Kim und Pips lagen in ihren Armen.

Löwe sah sich betrübt um und meinte: »Da nun niemand mehr an mir Gefallen hat, ist es wohl Zeit, abzusegeln.« Er stieg in sein kleines Boot und wollte das rote Segel hochziehen.

Aber Pips rief: »Halt!«, und Nenekiki rief: »Halt!« Sie fassten sich an den Händen und riefen: »Erst feiern wir ein Fest!«

So setzten sie sich an den Strand. Nenemama schüttete ihren Sack mit Früchten, Bananen, Kokosnüssen und Ananas aus: Es wurde ein großes Schlemmermahl abgehalten.

»Wir sollten uns öfter einmal so eine kleine Urlaubsreise in den sonnigen Süden leisten«, meinte Vater Schluckauf.

Nenepapa stand auf und sagte: »Kommt, wann ihr wollt, und seid unsere Gäste! Kommt und schaut, so oft ihr mögt, nach dieser kleinen Insel und ihren Bewohnern. Die Insel soll fortan einen neuen Namen tragen. ›Papageienpflegerinsel‹! Viele Papageien sollen von nun an zum Zeichen und als

Erinnerung an die wunderbare Heilung Nenekikis durch einen Papagei und seine kleine weiße Freundin die Luft mit ihrem weisen Geschwätz erfüllen. Wenn es Ka gefällt, möge er hier bleiben. Vielleicht wird er der Stammvater eines großen Papageiengeschlechts.«

»Ich bin ein Kakadu!«, krähte Ka.

»Hurra!«, rief Nenekiki und klatschte in die Hände. »Nicht wahr, du bleibst hier, Ka?«

»Nun«, lachte Ka, »mit dir könnte ich mich schon vertragen.« Und er hüpfte auf ihre Schulter – das heißt, er flatterte –, saß oben und krähte: »Meine Federn wachsen wieder – bald kann ich wieder fliegen! Ja, ich bleibe bei Nenekiki!«

»Hurra!«, meckerte Zie.

»Hurra!«, schrie Schipp.

»Hurra!«, riefen Kim und Pips und Onkel Guckaus und Vater Schluckauf.

»Hu...«, wollte Löwe brüllen und öffnete seine Schnauze, aber Nenemama hielt sich die Ohren zu und rief: »Bitte nicht!«

»...ra«, flüsterte Löwe leise.

Endlich beluden Nenepapa und Nenemama die drei Schiffe mit vielen guten Früchten, so dass niemand Hunger zu leiden brauchte auf der langen Seereise.

Und dann stiegen alle ein. Löwe zog sein rotes

Segel auf, um nach Afrika weiterzusegeln. Und Onkel Guckaus zog das Segel auf, um den Kindern nach Hause voranzusegeln. Und Kim zog das Segel auf, um hinterherzusegeln.

Möwe schwang sich in die Luft.

Am Strand standen Nenemama und Nenepapa und Nenekiki. Auf Nenekikis Schulter saß Ka.

Als alle gerade absegeln wollten, stieg Pips aber noch einmal aus, watete an Land und sagte zu Nenekiki: »Ich muss dir noch einen kleinen Kuss geben. Lebe wohl!« Dann stieg sie wieder ein.

Lebewohl winkten noch lange drei Segel am Horizont, zwei weiße und ein rotes.

III. Teil: Sultan in der Grube

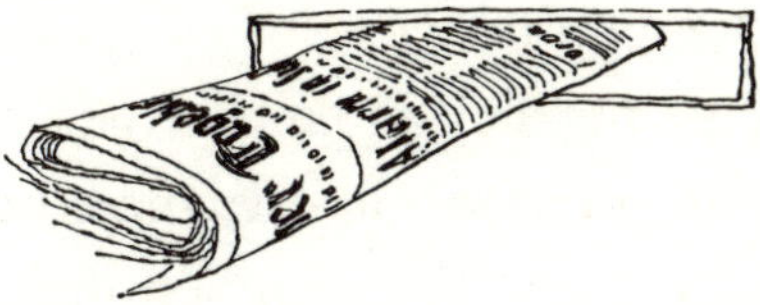

Schlechte Nachrichten und ein großer Entschluss

So war das auf der Leuchtturminsel gewesen.

Ein paar Tage später hatte Onkel Guckaus Pips, Kim und Schipp mit seinem Boot nach der Stadt Irgendwo heimgebracht.

Sie waren nun schon eine ganze Weile wieder zu Hause und saßen eines Nachmittags bei Dok und tranken Kaffee. Schipp war draußen bei Herrn Dreipfennig an der Brücke, aber Wu lag unter dem Tisch und nagte an einem Knochen.

»Ich würde zu gern wissen, was aus Löwe geworden ist«, sagte Pips. »Er hat mein Taschentuch, das ich ihm um die verstauchte Pfote gebunden hatte, zum Andenken behalten.«

»Löwen geht es immer gut!«, brummte Wu unter dem Tisch.

In diesem Augenblick klopfte es und Marke, der Postbote, steckte die Zeitung durch den Schlitz.

»Ach du Donnerwetter!«, sagte Dok, als er sie aufgeschlagen hatte.

»Was ist los?«, wollte Kim wissen.

»Hört zu!«, rief Dok und las laut:

»ALARM IN SULTANIEN!

Ein seefahrender Löwe treibt auf die Küste zu. Kinder und Frauen werden in Sicherheit gebracht. Löwenfänger sollen den Löwen fangen. Der Sultan möchte das ausgehungerte Tier in seinen Zoo sperren.«

Bums!, machte Pips' Stuhl und lag auf dem Boden, denn sie war aufgesprungen.

»He, was machst du?«

»Ich fahre nach Sultanien!«, rief Pips. »Löwe muss geholfen werden!«

»O du gemütlicher Hundekuchen!«, seufzte Wu.

»Wenn Pips fährt, fahre ich auch!«, erklärte Kim.

»Also gut, dann fliegen wir alle mit meinem Flugzeug«, sagte Dok, »umso schneller kommen wir hin. Es trifft sich gut, dass ich gerade Urlaub habe.«

»Au fein!«, rief Pips und fiel Dok um den Hals.

»Dann kannst du uns helfen und dem Sultan ein Schlafpulver geben oder sonst eine bittere Medizin oder du kannst ihn hypnotisieren, so dass er einschläft und wir Löwe mit uns nehmen können!«

»Wir werden sehen ...«, meinte Dok bedächtig.

»Diesmal will ich mitfahren!«, sagte Wu.

»Und was machen wir mit Schipp?«

»Nun, wir können nicht auf ihn warten, wir haben es eilig«, sagte Kim. »Diesmal bleibt Schipp da und Wu kommt mit.«

So wurden Pips, Kim und Wu vom Doktor über das Meer geflogen. Sie flogen so lange, bis kleine Inseln unter ihnen auftauchten, solche mit Leuchttürmen und solche mit Palmen. Nach vielen Stunden wurde endlich ein Küstenstreifen am Horizont sichtbar.

»Das ist Sultanien!«, sagte Dok. Alle beugten sich hinaus, um hinabzusehen.

Da war ein gelber Sandstrand, da waren Palmenhaine und eine weiße Hafenstadt in einer von Hügeln umgebenen Bucht. Später tauchte vor ihnen ein herrlicher Palast auf und um den Palast lag ein Garten mit einer breiten Wiese, von einer großen Mauer umgeben.

»Ich fürchte, es wird dem Sultan gar nicht recht sein«, sagte Dok, »aber ich muss auf dieser Wiese in seinem Garten landen.«

Das Flugzeug sank tiefer, strich dicht über die Baumwipfel und berührte mit seinen Rädern die Grasspitzen des gepflegten Rasens.

Ein Kamel weiß alles besser

An diesem Morgen war der Sultan mit dem linken Fuß zuerst aus dem Bett gestiegen. Er war griesgrämig und auch sein Lieblingskamel vermochte ihn nicht aufzuheitern. Es stülpte die Lippen über die Vorderzähne und wisperte: »Du musst jetzt mit mir im Garten spazieren gehen!«

Der Sultan seufzte: »Wenn du es für richtig hältst, Kamel.«

Er setzte sich seinen rot-weiß gestreiften Turban auf, gürtete sich die grüne Schärpe um den dicken

Bauch, schlüpfte in die geschnabelten Pantoffeln und schlurfte die Marmortreppe hinab.

»Welch erquickender Morgen!«, sagte das Kamel, als sie in den Garten des Sultans traten. »Auch die Grasspitzen sind wieder um ein Millimeterchen gewachsen – sehr delikat.«

»Soso!«, brummte der Sultan.

»Was ist bloß heute in dich gefahren?«, fragte das Kamel.

»Schlecht geträumt, Kamel«, seufzte der Sultan.

»Gut, dass du mich daran erinnerst!«, rief das Kamel. »Ich habe auch einen Traum gehabt.«

»Das freut mich!«, sagte der Sultan. »Erzähle mir diesen Traum. Du kannst dazu auf und ab gehen, während ich mich am Springbrunnen in den Liegestuhl lege.«

»Gut!«, sagte das Kamel. Und der Sultan legte sich in den Liegestuhl unter den Schatten der Dattelpalme, stützte seine Füße auf den Rand des Springbrunnens und schaute in die perlenden Tropfen.

»Also«, sagte das Kamel und wandelte hin und her, »du weißt ja, dass meine Träume immer etwas zu bedeuten haben und ich ihnen ein aufmerksames Studium widme. Ich hatte die ganze Nacht ein dunkles und drohendes Gefühl!«

»Genau wie ich!«, rief der Sultan.

»Dieser Traum sagte mir, dass wir uns in einer Gefahr befinden«, fuhr das Kamel fort. »Aber dann geschah etwas sehr Merkwürdiges. Von oben kam etwas Gutes, ich weiß nicht, was. Eine Fee vielleicht, oder sonst ein hilfreicher Gegenstand ...«

Der Sultan dachte nach. »Die Gefahr könnte der Löwe sein«, meinte er schließlich, »aber was der hilfreiche Gegenstand von oben sein könnte, das kann ich mir beim besten Willen nicht denken.«

»Was willst du überhaupt mit dem Löwen machen, wenn wir ihn gefangen haben?«, fragte das Kamel und setzte sich auf den Rand des Springbrunnens.

»Ich sperre ihn in einen Käfig im Zoo, dann können wir ihn täglich ansehen!«

»Ich bin beruhigt, wenn er nicht neben mir im Bett schlafen soll!«, sagte das Kamel.

Gerade fing der Sultan an einzunicken, als sie ein immer stärker werdendes Brummen hörten, und dann kam ein Flugzeug herabgesegelt und setzte auf dem Rasen auf.

»Salem aleikum!«, sagte Dok und verbeugte sich. »Sind wir hier richtig in Sultanien?«

Der Sultan und das Kamel warfen sich einen sprachlosen Blick zu, der ungefähr so viel sagen sollte wie: »Merkwürdig! Das Gute von oben ... –

schon eingetroffen!« Deshalb sagten sie auch sehr höflich: »Salem aleikum!«

»Wir möchten gerne wissen, ob der Löwe schon gefangen ist«, sagte Dok.

»Aha!«, machten der Sultan und das Kamel und sahen sich wieder bedeutungsvoll an.

»Heißt dieses ›Aha‹ nun ›ja‹ oder heißt es ›nein‹«, wollte Pips wissen.

»Es heißt ›nein‹«, sagte das Kamel.

»Unsere ganze Eile war umsonst!«, meinte Wu. »Nun sitzen wir in diesem ungastlichen Land herum und haben nichts zu essen.«

»Jedenfalls sollten wir zunächst einmal in ein Hotel gehen«, sagte Kim.

»Ein kluger Gedanke!«, meinte Dok und wandte sich an den Sultan: »Welches ist bitte das beste Hotel der Stadt?«

»Sollen wir sie nicht zu uns einladen?«, flüsterte der Sultan dem Kamel ins Ohr.

»Es ist besser, wir warten ab«, meinte das Kamel. »Man kann nie wissen, was für Tischsitten fremde Menschen haben.« Und zum Doktor gewandt sagte es: »Wir empfehlen immer das Grand-Hotel Sultanien!«

»Gut«, sagte Dok. »Dann steigen wir wieder ein, meine Lieben, damit wir dorthin fliegen können. Ich glaube, es ist das Hotel, in dem euer Freund Totokatapi Boy werden wollte. Ehrwürdiger Sultan, können wir dort auch landen?«

»Auf dem Dach!«

Dok, Kim, Pips und Wu machten eine tiefe Verbeugung, wie es in Sultanien üblich ist, und stiegen in ihr Flugzeug. Wenige Minuten später flogen sie über die Baumwipfel aus dem Garten des Sultans.

»Eine höchst bemerkenswerte Gesellschaft«, sagte der Sultan.

Das Kamel schaute bekümmert auf den Rasen, der von den Rädern des Flugzeugs und den Füßen der Besucher niedergedrückt war. »Fassen wir uns in Geduld!«

»Eine gute Idee!«, meinte auch der Sultan.

Inzwischen flog das Flugzeug über ein Gewimmel von niedrigen weißen Häusern und über dicht gedrängte Straßen, in denen die Menschen zusammenliefen.

»Lauter Leute in Nachthemden!«, meinte Wu.

Sie sahen ein großes Gebäude mit einer Kuppel und vielen spitzen Türmen und der Doktor erklärte ihnen, dass das eine Moschee sei, und die Türme hießen Minarette. Aber schon erblickten sie ein großes Haus mit einem breiten, flachen Dach: »Grand-Hotel Sultanien!« Dok schüttelte den Kopf.

»Ich weiß, warum du den Kopf schüttelst«, sagte

Pips. »Wenn wir hier auf der einen Seite aufsetzen, plumpsen wir auf der anderen Seite hinunter.«

»Ich habe aber eine Idee!«, sagte Dok. »Wir müssen alle unsere Fallschirme aufspannen, damit können wir das Flugzeug abbremsen!«

Dok kurvte das Flugzeug noch einmal in die Höhe, schwebte dann an das Hotel heran, und als sie gerade über der Hauskante waren, rief er: »Los!«

Da rissen sie alle die Leinen der Fallschirme! Vier herrliche große Glocken blähten sich hinter dem Flugzeug. Es gab einen fürchterlichen Ruck, die Räder der Maschine setzten auf. »Hurra!«, schrien sie.

Und »Hurra!« schrien der Hoteldirektor und Totokatapi, der Boy; sie waren die Treppe heraufgeklettert und steckten die Nasenspitze durch die Dachluke.

Dann wurde das Flugzeug mit Seilen festgezurrt.

»Da bist du ja, Totokatapi!«, sagte Pips.

»Ich bin immer da, wo man Löwen fängt«, sagte Totokatapi.

»Haben Sie ein Zimmer für uns?«, fragte Dok den Hoteldirektor. »Wir hätten gern ein großes.«

»Und ich hätte gern einen fetten Hammelknochen!«, brummte Wu.

Totokatapi übernahm die Koffer und lachte. Er freute sich seine Freunde wieder zu sehen.

Unten vor dem Hotel war alles zusammengelaufen, was Beine hatte: Männer, Kinder, Frauen, Hühner, Enten, Esel, Hunde.

Wu trat auf den Balkon und steckte den Kopf durch das Gitter.

»He, hallo! Hurra!«, riefen die Leute.

Ein höfliches Volk, diese Sultanier, dachte Wu. Er roch das Meer von ferne, den Duft von Tang und faulen Fischen. Es roch nach Abenteuern.

»Jaja«, sagte er, »jaja, man muss reisen, man muss die Welt sehen.«

Und befriedigt benagte er den großen Knochen, den Totokatapi ihm gebracht hatte.

Nun machten sie es sich gemütlich und berieten bei einer dampfenden Tasse Kaffee, was weiter zu tun sei.

Da klopfte es an der Tür und Totokatapi führte einen jungen Mann herein, der eine Pfeife im Mundwinkel trug.

»Ich bin von der Presse«, sagte er, setzte sich auf einen Stuhl und zückte einen Bleistift. »Ich werde über Sie in der Zeitung schreiben!«

»Was?«, fragte Pips.

»Augenblick!«, sagte der Mann. »Zuerst machen wir eine Aufnahme von Ihnen allen; die junge Dame kommt auf die Titelseite. Und nun: Was wollen Sie in Sultanien?«

Blitzschnell, wie er redete, hatte er einen Fotoapparat aus der Tasche gezogen; ein Blitz flammte auf, das Bild war gemacht.

»Wir suchen den Löwen!«, sagte der Doktor.

»Hochinteressant! Der Löwe war hier. Er ist vor einer Stunde in einer Bucht an Land gegangen. Ich werde den Bericht heute noch veröffentlichen.«

»Haben Sie ihn gefangen?«, wollte Pips wissen.

»Liebe junge Dame«, sagte der Mann, »ich sammle Nachrichten, ich bin kein Löwenfänger.«

»Und wo ist der Löwe jetzt?«, fragte Dok.

»Keine Ahnung! Er interessiert mich jetzt auch nicht mehr.«

»Hm!«, sagte Dok. »Es wäre aber nett von Ihnen, wenn Sie dem Löwen durch die Zeitung eine Nachricht zukommen lassen würden.«

»Das ließe sich machen«, sagte der junge Mann.

»Gut!«, sagte Dok. »Dann schreiben Sie bitte: ›Löwe, wenn du dich an ein Mädchen erinnerst, das dich aus einer Grube rettete, dessen Taschentuch du mit auf die Reise genommen hast und dem du geholfen hast einen Kakadu zu befreien, dann bitten wir dich ins Grand-Hotel Sultanien zu kommen!‹«

»Gut«, sagte der Mann von der Presse. »Das gefällt mir. Ich werde eine schöne Überschrift dazu machen.«

Er stand auf, schüttelte allen die Hand und ging.

Kamele müssen ihren Schlaf haben

Eine Nacht war vergangen. Eine tiefe und dunkle südliche Nacht. Pips, Kim, Wu und Dok hatten in ihren Hotelbetten tief geschlafen. Und der Sultan in seinem Palast auch. Nur das Kamel hatte sich stöhnend unter seiner seidenen Decke gewälzt. Mit tiefen Ringen unter den Augen erschien es am Frühstückstisch.

»Guten Morgen, Kamel!«, sagte der Sultan.

»Kein guter Morgen!«, seufzte das Kamel. »Bitte, schick doch einmal die Diener weg, Sultan, ich habe etwas mit dir allein zu besprechen.«

»Allah sei mir gnädig«, brummte der Sultan. »Schon am frühen Morgen?«

Er winkte mit der Serviette und die Diener zogen sich geräuschlos ins Innere des Palastes zurück.

»Ich habe wieder geträumt!«, sagte das Kamel. »Es droht Gefahr von unten. Ich habe es deutlich gesehen. Drei Männer wollten dich vom höchsten Minarett stürzen.«

»Das ist ja fürchterlich!«, rief der Sultan.

»Du musst Haltung bewahren!«, sagte das Kamel.

»Was hat das nur zu bedeuten?«, fragte der Sultan.

»Das hat zu bedeuten, dass du gestürzt werden sollst.«

»Erst vom Thron und dann vom Minarett, oder erst vom Minarett und dann vom Thron?«

»Das ist doch gleichgültig ... Viel wichtiger ist es, herauszubekommen, wer dich stürzen will. Dann kannst du die Verschwörer gefangen nehmen.«

»Sehr gut«, rief der Sultan. »Wer ist es?«

»Das weiß ich doch nicht! Ich sah die Verschwörer nur von hinten. Und als sie sich gerade umdrehen wollten, da wurde ich geweckt!«

»Oh du gerechter Sultanspantoffel!«, rief der Sultan. »Du wurdest geweckt? Kopf ab dem Wecker! Wer war es denn?«

»Der Großwesir!«

»T-t-t ...« Der Sultan klatschte in die Hände. »Der Großwesir soll kommen!«

Der Sultan und das Kamel schauten gedankenvoll in ihre Tassen, als der Großwesir erschien. Er verbeugte sich bis auf die Erde.

»Du hast das Kamel geweckt!«, brummte der Sultan. »Kamele müssen ihren Schlaf haben. Wenn du nicht mein höchster Beamter wärst, würde ich dir den Kopf abhacken lassen!«

»Wie es Eurer Herrlichkeit beliebt«, sagte der Großwesir. »Aber ich habe das Kamel im höchsten Interesse geweckt; es hat so gestöhnt, dass ich befürchten musste, der Palast könnte zusammenbrechen und uns alle unter sich begraben.«

»Das Kamel hat einen wichtigen Traum geträumt. Man wollte mich vom Minarett stürzen und es konnte nicht erkennen, wer die drei Lumpen waren. Kannst du es dir vielleicht denken?«

Der Großwesir erbleichte bis unter die Bartspitzen. »Ich …«, stotterte er, »ich … nein … gewiss nicht … ganz gewiss nicht! Wer könnte denn so einen fürchterlichen Gedanken haben?«

»Wenn wir das wüssten!«, seufzten der Sultan und das Kamel.

»Wir wollen die Zeitung lesen«, entschied der Sultan. »Vielleicht steht etwas drin, was uns weiterhelfen kann.«

Der Sultan winkte dem Großwesir, dass er sich entfernen möge. Der Wesir verbeugte sich und ging.

Als er im Palastgang war, schüttelte er die Fäuste. »Es ist höchste Zeit!«, murmelte er. »Das Beste wäre es, dem Kamel den Hals umzudrehen …« Und er rannte die Treppe hinunter in den Keller. Er wollte sich mit seinen Spießgesellen besprechen.

Der Sultan aber entfaltete die Zeitung, die neben seinem Teller lag, und las den Bericht über die Ankunft und das Wiederverschwinden des Löwen und den Aufruf des Doktors.

»Ich habe es ja gleich gewusst, dass der dicke Mann aus dem Flugzeug zu unserer Rettung gekommen ist«, meinte das Kamel erfreut. »Wir sollten keine Zeit verlieren, sondern ins Hotel gehen, um mit den fremden Leuten zu reden! Ja, das müssen wir tun«, sagte das Kamel und nickte mit dem großen Kopf. »Aber hier im Palast sollten wir kein Wort mehr darüber reden, weil Palastwände ja bekanntlich tausend Ohren haben und es nicht gut wäre, wenn uns derjenige hörte, von dem wir wollen, dass er ganz ahnungslos ist, damit wir ihn fangen und dem Löwen zum Fraß vorwerfen können, ehe er dich vom Minarett hinunterstürzt!«

»Dein Vorschlag findet meinen Beifall!« Der Sultan erhob sich.

So gingen das Kamel und der Sultan durch die dicht gedrängten Straßen der Hauptstadt, vorbei an den Verkaufsbuden des Basars, zum Grand-Ho-

tel Sultanien. Die Spitzen der Minarette leuchteten in der Sonne.

Der Hoteldirektor verbeugte sich, als der Sultan mit dem Kamel die Tür durchschritt. »Bitte, bitte, nur kein Aufsehen!«, sagte der Sultan. »Wo wohnt der Doktor?«

»Sechster Stock, links, 666.«

Totokatapi führte den Sultan und das Kamel zum Fahrstuhl. Der Sultan trat ein, das Kamel trat auch ein, das heißt, es trat mit seinen Vorderbeinen ein und beschaute sich im Spiegel.

»Nun, geht es noch nicht los?«, fragte der Sultan, weil Totokatapi sich am Kopf kratzte und wartete.

»Die Sache ist die«, meinte Totokatapi, »wenn ich jetzt losfahre, würde das Hinterteil des hochverehrten Kamels unten bleiben und nur das Vorderteil nach oben fahren.«

Das Kamel wandte sich von seinem Spiegelbild

ab und schaute auf sein Hinterteil, das draußen vor der Fahrstuhltür stand.

»Ich werde zu Fuß gehen!«, sagte es, verließ den Fahrstuhl und stieg alle sechs Treppen hinauf, während der Sultan von Totokatapi hinaufgefahren wurde.

Um die gleiche Zeit saßen Kim, Pips und Dok beisammen. Pips war sehr aufgeregt. »Wu ist weg!«, sagte sie.

»Ja, wirklich!«, sagte auch Kim.

»Höchst ärgerlich und höchst unnütz!«, meinte Dok. »Wann habt ihr Wu zum letzten Mal gesehen?«

»Heute Morgen!«, sagte Pips. »Er hat ganz vergnügt auf dem Bettvorleger geschlafen, dann ist er aufgestanden und auf den Balkon gegangen und hat hinabgeschaut.«

In diesem Augenblick klopfte es.

»Herein!«, rief Dok.

Die Tür öffnete sich und das Kamel steckte seinen Kopf durch den Spalt. »Guten Morgen!«

»Guten Morgen!«, sagten Dok und Kim.

Das Kamel, der Sultan und Totokatapi kamen herein. »Nur keine Förmlichkeiten«, sagte der Sultan.

»Trotzdem!«, entgegnete Dok. »Bitte nehmen Sie doch gemütlich Platz! Totokatapi, einen guten Kaffee!«

»Für mich Bananensaft«, sagte das Kamel.

»Haben Sie Wu nicht gesehen?«, wollte Pips wissen.

»Das kleine kläffende und schnuppernde Etwas mit dem langen Schwanz?«, fragte das Kamel.

»Dieses!«, sagte Kim.

»Vielleicht steht das Verschwinden Ihres Lieblings in Zusammenhang mit dem, weswegen wir hergekommen sind!«, meinte der Sultan. »Das Kamel hat heute Nacht geträumt …«

»Aha!«, sagte der Doktor. »Soll ich Ihnen Baldrian verschreiben?«

»Nur nicht!«, sagte der Sultan.

Und dann erzählte er, was das Kamel geträumt hatte.

Er schloss seine Erzählung mit den Worten: »Und deshalb sind wir hierher gekommen, weil Sie doch den Löwen kennen und wir den Löwen vielleicht brauchen können, um die Verschwörer zu fangen.«

Da klopfte es wieder und Totokatapi kam mit dem Kaffee und dem Bananensaft herein. Aber er kam nicht allein, unter ihm durch witschte Wu.

»Wir müssen den Sultan warnen!«, sagte er aufgeregt.

»Wir sind schon gewarnt!«, sagte das Kamel.

»Aber Wu, wo warst du denn?«, fragte Pips vorwurfsvoll. »Wir haben uns solche Sorgen um dich gemacht!«

»Wieso macht sich mal jemand um mich Sorgen?«, fragte Wu.

»Erzähle, was du weißt!«, befahl der Sultan.

»Ja«, sagte Wu. »Das war so. Am Morgen, als ich aufwachte, stach mir die Meeresluft in die Nase und mitten zwischen der herrlichen Meeresluft erschnupperte ich etwas, was wie eine duftende Lammkeule roch. Da ich großen Appetit hatte, beschloss ich, es zu suchen, und verließ das Hotel. Der Geruch führte mich zuerst an den Hafen. Dort luden die braunen Männer in den weißen Nachthemden, die ihre Strümpfe um den Kopf gewickelt haben, riesige Kisten und Kästen aus den Schiffen aus und ein. Aber das, was ich da alles durcheinander roch, Fische, feuchte Taue, Teer und Öl, behagte mir alles nicht für ein Frühstück. Ich schlenderte also meiner Nase nach durch die Gassen weiter.«

»Kannst du dich nicht beeilen?«, fragte Kim.

»Wenn ihr mich unterbrecht, dauert es nur noch länger«, sagte Wu. »Und wenn ihr nicht zuhören wollt, kann ich lieber gleich still sein.«

»Oh nein! Der Hund soll weitererzählen!«, sagte der Sultan. »Geduld ist eine Tugend.«

Wu erzählte weiter. »Also, ich trollte mich immer unter den weißen Nachthemden hindurch; furchtbar viele Esel liefen da und die Leute machten ein Geschrei, dass man fast taub wurde. Immer hatte ich den zarten Duft der Lammkeule in der Nase. Dies ist ein Land nach meinem Geschmack. Wie ich nun so dahinzottelte, war ich plötzlich vor der Tür des Sultanspalastes – da war der Geruch ganz besonders stark; ein Hund findet ja immer ein Loch, wo er hindurchschlüpfen kann – und lief durch die langen Marmorgänge, immer der Nase nach. Ich tapste eine Treppe hinunter, da war es dunkel, aber da der Geruch nach der Lammkeule immer kräftiger wurde, war ich meines Weges sicher. Vor einer Holztür machte ich Halt. Plötzlich hörte ich, wie sich etwas bewegte und Männer miteinander redeten. Es mussten drei Männer sein. Ich vergaß die Lammkeule sofort, als die Männer zu reden begannen. ›Wir müssen uns beeilen‹, sagte der eine, ›ehe der Sultan uns alle köpfen lässt!‹

›Ja‹, sagte ein anderer, ›dann machen wir es sofort, sowie sich eine günstige Gelegenheit ergibt.‹

›Wir müssen aber auch mit dem Volk rechnen‹, sagte ein Dritter, ›niemand darf glauben, dass es ein Mord war. Wir dürfen ihn deshalb auch nicht vom Minarett stoßen! Wir müssen den Löwen fangen!‹

›Gut, und wenn wir den Löwen haben …?‹

›Dann lassen wir den Löwen hungern und werfen ihm den Sultan zum Fraß vor. Dann wird jeder sagen, das war ein Unglücksfall, und niemand ist schuld daran.‹

›Und was geschieht mit dem Kamel?‹

›Bei dem Versuch, den Sultan zu retten, wird es selbst gefressen!‹, sagten die Männer und lachten und fanden das eine herrliche Idee. Ich aber fand das keine herrliche Idee, deshalb rannte ich hierher, um euch zu warnen!«

»Und wer waren die Männer?«, fragten der Sultan und das Kamel wie aus einem Munde.

»Ja –«, sagte Wu, »sehen konnte ich sie nicht, nur hören …«

»Entsetzlich!«, sagte der Sultan und schlug die Hände zusammen.

»Lasst uns nachdenken«, sagte Dok. »Das Wichtigste ist mit dem Löwen zu sprechen. Wenn wir ihn nur schon hätten!«

Nun schenkte Totokatapi den Kaffee ein und alle dachten nach.

Glücklich ist, wer freudig erwartet wird

Einer geistert schon eine ganze Weile durch diese Geschichte, wird gesucht, herbeigewünscht, von der Zeitung ausgefragt, ist aber selbst noch nicht erschienen: Löwe.

Er war vor zwei Tagen hungrig an den Strand

von Sultanien getrieben worden und war dort aus seinem Boot ausgestiegen.

Weit und breit war nichts zu sehen: kein Haus, keine Stadt und kein Mensch. Löwe war durch das Wasser an Land gewatet, hatte vorsichtig das Taschentuch, das ihm Pips geschenkt hatte, in den Zähnen getragen, damit es nicht nass wurde, hatte in die Luft geschnuppert und vor sich hin gebrummt: »Die Luft kommt mir bekannt vor. Ich muss den Boden Afrikas betreten haben – irgendwo.«

Und dann legte er sich ins Gras, denn er war furchtbar müde. Niemand erwartet mich freudig. Ich bin ein armer, einsamer Löwe! Wie glücklich ist doch der, der freudig erwartet wird. Auch ein großer Löwe hat manchmal Sehnsucht nach einer Hand, die ihm das Fell krault, so dachte er und wurde traurig. Er kuschelte seinen dicken Kopf auf Pips' Taschentuch und schlief ein.

Als er wieder aufwachte, saß ein schlaksiger junger Mann neben ihm mit einem weißen Schreibblock. Es war der Herr von der Zeitung.

»Ich ging gerade hier vorbei«, sagte er, »und da sah ich Sie hier liegen, verehrter Löwe, und nun möchte ich gerne von Ihrer Ankunft berichten!«

Also doch jemand, der mich begrüßt!, dachte Löwe und nickte mit dem Kopf.

Als der Mann von der Zeitung alles gefragt hatte, ging er weg, weil, wie er sagte, sein Artikel sofort gedruckt werden müsste und er deshalb keine Zeit für ein Plauderstündchen hätte. Er sei auch nicht hergekommen, sagte er, um den Löwen zu fangen, er wolle nur über ihn berichten.

Gut! Der Löwe hatte mit dem Kopf genickt und den jungen Mann fortziehen lassen. »Eigentlich ein angenehmer Mensch!«, sagte er. »Sagt gleich, dass er mich nicht fangen will. Aber wieso will mich denn hier überhaupt jemand fangen?« Er starrte in den Sand.

»Es ist besser, ich gehe gleich irgendwohin, wo niemand sein wird, der mich fangen will, und das wird auf jeden Fall nicht in der Stadt sein.«

Deshalb war der Löwe davongewandert und hatte eine Nacht im Zedernwäldchen geschlafen und eine Nacht in einer Felshöhle. Am dritten Morgen aber war er so hungrig, dass er beschloss sich etwas Essbares zu suchen. Er wanderte deshalb über einen Hügel und viele Felder bis an ein Gehöft, das von einer großen weißen Mauer umgeben war.

»Dahinter«, sagte er sich, »dahinter gibt es auch etwas zu essen. Ich muss nur durch das Tor.« Er spazierte durch das Tor.

Ganz verlassen lag das Gut, sogar die Hühner waren verschwunden. Das war auch gar kein Wunder, denn der Feldwächter hatte den Löwen schon von weitem gesehen und war ins Haus gelaufen und hatte die Tore geschlossen. Nur das Gartentor nicht, denn man wollte ja, dass der Löwe hereinkäme. Es war nämlich das Gut des Großwesirs. Und deshalb hatte man ein großes Stück Fleisch an

ein langes Seil im Keller an die Decke gehängt, aber so weit vom Fenster weg, dass der Löwe es mit seiner Tatze nicht erreichen konnte. Löwe kam an das offene Fenster, roch das Hammelfleisch und steckte den schweren müden Kopf durch das Fensterloch. »Zu dumm, dass es so weit weg hängt«, sagte er. Er zwängte auch die Pfote und das ganze rechte Vorderbein noch durch die Öffnung. Da kriegte er einen Tritt mit einem Stiefel in sein Hinterteil – plumps!, war er in den Keller gefallen!

Er war gefangen! Ein Diener des Großwesirs hatte sich herangeschlichen und ihm den Tritt gegeben. Nun wurde das Fenster mit Brettern verschlossen.

»Natürlich!«, sagte Löwe. »So etwas kann auch nur mir passieren!«

Sehnsüchtig und betrübt schaute er nach dem Fleisch, das über ihm baumelte und das er nicht erreichen konnte.

Da hörte er Schritte im Kellergang. Aber die Tür wurde nicht geöffnet, nur das Oberteil wurde einen Spaltbreit aufgemacht und ein Kopf mit einem gelben Turban schaute durch.

»Salem aleikum, alter Löwe! Jetzt musst du erst mal hungern, dann werden wir dir einen schönen fetten Braten vorwerfen. Und den sollst du sehr rasch fressen. Weil gleich hinterher ein noch schönerer und fetterer Braten kommt, eine Art Nachtisch! Hahahaha!«

Als er das gesagt hatte, schlug der Großwesir das Fenster wieder zu und Löwe lag allein im Dunkeln.

Wie man Verschwörer fängt

Der Kaffee, den Totokatapi gebracht hatte, war gut gewesen; alle schauten erfrischt und unternehmungslustig aus.

»Die Sache ist die«, sagte der Sultan. »Ich habe eine Idee! Ich schlage vor, das Kamel legt sich noch einmal zum Schlafen nieder und versucht zu träumen. Vielleicht fängt es wieder da an zu träumen, wo sich der Verschwörer gerade umdrehen wollte. Wenn es ihm ins Gesicht sehen kann, dann wird es ihn auch erkennen!«

»Ich glaube zwar nicht, dass ich jetzt schlafen kann«, sagte das Kamel. »Aber versuchen will ich es natürlich, dir zuliebe ...«

»Gut«, sagte Dok, »dann wollen wir das Kamel auf mein Bett legen.«

Das Kamel legte sich auf Doks Bett und die große weiße Steppdecke wurde ihm übergezogen, nur die Füße guckten heraus. Es machte die Augen zu und keiner traute sich zu atmen. Nach einer langen Weile aber machte es die Augen wieder auf und sagte: »Es geht nicht! Dieses komische, struppige Etwas schnauft und das Bett ist ein Bett, das ich nicht kenne; auf der Straße ist ein Lärm, den ich nicht kenne; die Stühle knarren; niemand denkt daran, leise zu sein, und meine Füße werden kalt.«

»Ich bin zwar nur ein kleines, schnaufendes, struppiges Etwas«, sagte Wu, »aber wenn man auf mich hören wollte, so könnte ich vielleicht doch etwas dazu sagen.«

»Erzähle deinen Plan«, sagte Kim.

»Gut!«, sagte Wu. »Wenn man einen Verschwörer fangen will, den man nicht kennt, dann muss man es so ähnlich machen, wie wenn man eine Maus fangen will. Entweder man kriecht zu der Maus in das Loch, dann muss man aber wissen, wo das Loch ist, und das eben wissen wir nicht, oder ... man macht der Maus ein Loch, eine Art Falle sozusagen!«

»Aha!«, sagte der Sultan. »Und wie man so eine Art Falle macht, weißt du das auch?«

»Eine Falle für einen Verschwörer könnte eine Grube sein, die er nicht kennt und über die man einen Teppich oder so etwas legt.«

»Gut, gut, ausgezeichnet!«, sagte der Sultan und auch das Kamel nickte mit dem Kopf.

Aber Kim fragte: »Wo nimmt man die Grube oder das Loch her?«

»Am besten, man hat sie«, sagte Wu. »In den meisten Palästen gibt es Falltüren oder etwas Ähnliches. Wenn man den Verschwörer lebendig fangen will, dann soll man darunter ein Netz nageln, so dass das Loch aussieht wie ein Schmetterlingsnetz. Man kann das Netz ja im Hafen von den Fischern holen.«

»Das ist keine Schwierigkeit!«, sagte der Sultan. »Der Plan gefällt mir sehr gut!«

»Haben Sie denn ein Loch oder eine Falltüre, ehrwürdiger Sultan?«, fragte Pips.

Der Sultan legte seinen Zeigefinger auf die Nase und balancierte die Ferse des linken Pantoffels auf dem großen Zeh des rechten Pantoffels. »Ich habe eine«, sagte er dann. »Es ist zwar ein Geheimnis, das nur ich, das Kamel und der Großwesir kennen, aber ich habe eine.«

»Und wo?«, wollte Wu wissen.

»In meinem Zimmer!«, sagte der Sultan. »Ich kann von dort aus hinabsteigen, wenn ich einmal ungesehen in ein anderes Zimmer meines Palastes gehen will.«

»Also«, sagte Wu, »dann machen wir unter diese Falltür ein Netz und legen einen dicken Teppich über das Loch. Und wenn der Verschwörer kommt, fällt er hinein.«

»Sehr gut!«, sagte der Doktor; auch der Sultan rieb sich die Hände.

»Aber – was macht man, damit niemand Falsches hineinfällt?«

»Aber das ist doch ganz einfach!«, sagte Wu. »Man macht das wieder wie bei den Mäusen: Man lockt den Verschwörer mit Speck. Man tut Speck hinein!«

»Speck?«

»Nicht richtigen Speck natürlich! Was für die Mäuse der Speck ist, ist für die Verschwörer der Sultan!«

»Ich bin kein Speck!«, sagte der Sultan entrüstet.

»Natürlich nicht«, brummte Wu. »Versteht mich denn niemand? Die Verschwörer wollen den Sultan fangen, deshalb muss der Sultan …«

»Ich gehe nicht in das dunkle Loch unter den Teppich!«, sagte der Sultan.

»Da würde Sie ja auch niemand finden! Der Sultan muss hinter dem Teppich liegen, und zwar so, dass der Verschwörer nur über den Teppich kann, wenn er ihn fangen will!«

»Das ist großartig!«

»Also, dann liege ich so lange auf meinem Bett hinter dem Teppich, bis der Verschwörer kommt und in das Loch fällt. Und dann mache ich den Deckel zu und habe ihn. Ich finde, dieser kleine Hund hat es verdient, zu einem großen Hund erklärt zu werden! Ich werde ihm den Orden vom goldenen Turban verleihen!«

Nun redeten alle durcheinander und beschlossen keine Zeit zu verlieren, sondern das Loch mit dem Netz und dem Teppich darüber gleich zu bauen. Deshalb brachen der Sultan, das Kamel und die neuen Freunde des Sultans sofort auf.

Noch im Hinausgehen aber sagte Pips: »Ich weiß nicht, irgendwie ist mir nicht ganz wohl. Ich wollte doch, Löwe wäre hier oder wir könnten ihn wenigstens unter das Bett des Sultans legen …«

Nun, wir wissen ja, wo Löwe war und dass er nicht unter das Bett des Sultans gelegt werden konnte.

Vorläufig mussten sie sich ohne ihn behelfen. Sie machten es, wie Wu es vorgeschlagen hatte. Sie kauften ein großes und derbes Fischernetz im Hafen und das Kamel war so freundlich es in den Palast zu tragen.

Der Großwesir stand gerade am Gitterfenster und schaute auf die Straße, als die seltsame Karawane ankam, und wunderte sich.

Im Gemach des Sultans klappten unsere Freunde die Klapptüre auf und befestigten das Netz darunter, so dass die Öffnung nun wirklich wie ein Schmetterlingsnetz aussah. Dann deckten sie den Teppich darüber. Und der Sultan legte sich auf sein Lager, das gerade hinter dem Teppich war. Alle hockten sich auf den Boden um den Teppich herum und Dok tat so, als sei er der Verschwörer, und lief auf den Sultan zu, wobei er mit den Händen fuchtelte, als ob er einen Säbel trüge, und kaum war er über dem Loch, rutschte er auch schon in das Netz.

»Hervorragend!«, sagte der Sultan. »Das gefällt mir.«

Sie zogen Dok wieder heraus und brachten ihre Falle wieder in Ordnung.

»Nachdem wir dem Sultan geholfen haben«, sagte Pips, »wollen wir nun gehen und Löwe suchen.«

»Mir fällt gerade etwas ein!«, sagte der Sultan.

»Was denn?«

»Ich kann hier nicht immer liegen, ich meine, un-

unterbrochen, vielleicht mehrere Tage. Ich muss manchmal rumgehen, etwas erledigen, etwas essen oder frische Luft schnappen. Was geschieht dann?«

Da meinte Totokatapi: »Jemand müsste den ehrwürdigen Sultan in dieser Zeit vertreten. Jemand anderes müsste hier liegen und die Kleider des Sultans anhaben, während der Sultan selbst in anderen Kleidern herumgeht und sich die Beine vertritt.«

»Aber wer soll das sein?«

»Ich weiß es!«, rief das Kamel. »Das kann nur der fremde Mann sein, der aus der Luft zu uns gekommen ist!«

Der Doktor schaute nachdenklich in die Runde.

»Natürlich könnte ich es machen, wenn man es von mir verlangt. Wenn es dem Sultan gefällt, werde ich also morgen früh hierher kommen und seine Stelle einnehmen.«

»Es gefällt mir«, sagte der Sultan. Er stand auf, ging sorgfältig um den Teppich herum, um nur ja nicht ins Loch zu fallen, und gab dem Doktor aus dem großen Kleiderschrank prächtige Gewänder mit.

Mit diesem in altes Leinen eingewickelten Paket, das Totokatapi trug, gingen Dok, Pips, Kim und Wu zurück in ihr Hotel, um auf eine Nachricht von Löwe zu warten oder um etwas zu tun, was ihm helfen könnte.

Nun wurde es Abend. Der Sultan und das Kamel speisten zur Nacht; dann zog sich das Kamel in seine Gemächer zurück. Der Sultan aber legte sich auf seine Ottomane, das türkische Liegebett, und steckte sich den Schlauch seiner Wasserpfeife in den Mund. So lag er schmauchend da und war bald ganz in Rauch und Nebel versunken und hatte die Verschwörer und das Loch ganz vergessen.

Da klopfte es dreimal an die Tür. Der Sultan klatschte in die Hände, was so viel hieß wie: »Herein!« Der Großwesir trat ein und verbeugte sich.

»Ach, du bist es, Großwesir!«, sagte der Sultan. »Tritt nur näher. Was führt dich zu mir?«

»Die Sorge um meinen hohen Herrn!«, sagte der Großwesir. »Ich habe gehört, dass Verschwörer im Palast sind, die den ehrwürdigen Sultan fangen wollen. Ich wollte deshalb vorschlagen, dass der ehrwürdige Sultan Zuflucht auf meinem Landgut sucht.«

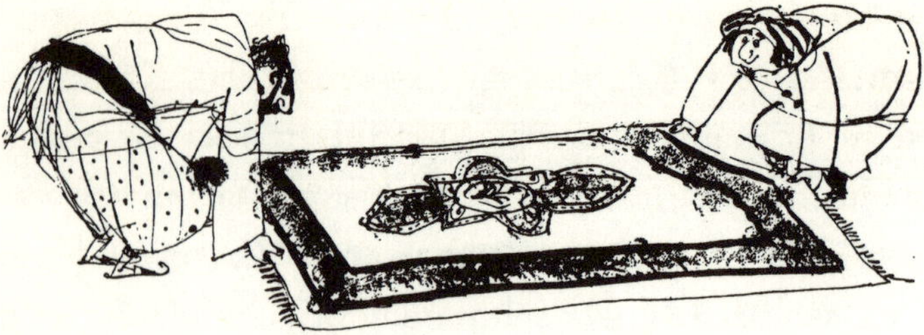

Der Sultan lachte leise in sich hinein. »Da sei unbesorgt, Großwesir! Tritt nur ruhig näher.« Indem der Großwesir unter vielen Bücklingen noch näher kam, trat er auf den Teppich und rutschte in das Loch.

»Siehst du wohl!«, rief der Sultan und beugte sich über den Rand. »So wird es den Verschwörern ergehen!«

Der Großwesir war weiß geworden bis an die Haarwurzeln, denn er glaubte sich erkannt. Aber der Sultan reichte ihm die Hand und half ihm aus der Falle heraus.

»Bewunderungswürdig und weise!«, stotterte der Großwesir.

»Nun hilf mir die Falle wieder zu richten!«, befahl der Sultan. Und der Verschwörer und der Sultan zogen gemeinsam den Teppich wieder glatt, so dass niemand etwas sehen konnte.

»Ich bin nun ganz beruhigt!«, sagte der Großwesir und bat sich zurückziehen zu dürfen. In Wirklichkeit aber zitterte er am ganzen Körper und überlegte sich, wie er den Sultan überlisten könne.

Es dauerte auch gar nicht lange, da lag der Sultan wieder Pfeife rauchend auf seinem Lager und erwartete den Verschwörer.

Plötzlich riss der Großwesir die Tür zum Zimmer des Sultans auf und rief laut und aufgeregt: »Sultan! Sultan! Das Kamel ist von den Verschwörern gefangen worden!«

»Ach du allmächtiger Pantoffel!«, schrie der Sultan, sprang auf und rannte zur Tür – aber natürlich segelte er in seine eigene Falle und der Großwesir schlug schnell die Klappe über ihm zu. Nun saß er drin, der Sultan, und wusste, wer der Verschwörer war! Aber das half ihm nichts mehr.

Die beiden anderen Gauner, die hinter der Tür gewartet hatten, waren rasch zur Stelle, holten den Sultan heraus, wickelten ihn in den Teppich und

banden viele Schnüre herum. So wurde der Sultan wie ein Teppich, der in die Reinigung gebracht wird, aus dem Palast getragen.

Jetzt geht es also aufs Minarett!, dachte der Sultan bekümmert. Leb wohl, mein gutes Kamel!

Die Teppichrolle wurde vor dem Palast auf einen Eselskarren verladen und rumpelte auf dem Steinpflaster durch die Gassen der Stadt, die dunkel und verlassen dalagen.

Komisch, dachte der Sultan, wir müssten doch schon längst am Minarett sein.

Er konnte ja nicht wissen, dass er aufs Landgut des Großwesirs gebracht wurde.

Löwe hatte sich in dem Kellerloch zum Schlafen niedergelegt. Aber er kam nicht dazu, weil er die Schritte vieler Männer hörte, die einen schweren Gegenstand die Treppe herabtrugen.

Aha!, dachte Löwe. Jetzt kommt der versprochene Braten!

Und: Nein, das kann nicht das Minarett sein, dachte der Sultan in seiner Rolle, denn da geht es die Treppe hinauf; hier aber geht es hinab, wenn ich nicht schon ganz verwirrt bin und oben mit unten verwechsle.

Dann wurde die Klappe an der Tür aufgemacht und eine lange Rolle wurde durch die Öffnung geschoben. Plumps, machte sie und lag vor Löwe im

Stroh. Der Großwesir steckte seinen Kopf durch das Loch, ein anderer hielt ihm eine brennende Fackel, damit er etwas sehen konnte, und er sagte: »In diesem Teppich ist der hervorragende Braten, Löwe, den wir dir versprochen haben. Friss ihn nur schnell und gründlich.«

Und die Männer lachten und machten die Klappe zu.

In der Rolle bewegte sich etwas. Es ist noch lebendig!, dachte Löwe. Was mag es wohl sein? Dick ist es! Er begann die Stricke zu zernagen. Als er sie alle zerbissen hatte, rollte er den Teppich auf. Hm, dachte Löwe. Dies ist ein prächtiger Mensch.

Der Sultan schlug die Augen auf und dachte: Endlich kann ich wieder frei atmen. Und dann sah er den Löwen und dachte: Ach herrje – aber nicht mehr lange!

Er wollte aufspringen, da legte ihm Löwe die Pranke auf die Brust und brummte: »Bleib liegen, ich muss dich jetzt fressen.« Zugleich riss er den Rachen auf.

Da fiel dem Sultan etwas ein. Er sagte: »Einen schönen Gruß von Pips!«

Löwe zog seine Pranke fort. »Wie bitte?«, fragte er.

»Einen schönen Gruß von Pips!«, sagte der Sultan. »Pips ist hier, weil sie dich sucht, und Wu und Kim und der Doktor sind auch hier. Du bist doch der Löwe, der mit ihr in der Grube gesessen hat?«

»Jawohl!«, sagte Löwe. »Ich bin sehr froh.«

Und nun erzählte der Sultan Löwe alles.

»Dem Wesir werden wir die Suppe versalzen!«, brummte Löwe. »Das einzig Dumme ist, dass ich noch weiterhungern muss.«

»Aber da oben hängt doch ein großes Stück Fleisch«, sagte der Sultan.

»Das hängt aber zu hoch!«, brummte Löwe.

»Nicht, wenn ich mich auf deine Schulter stelle!«

»Wie klug Menschen sein können!«

Der Sultan stellte sich auf Löwes Schulter und knüpfte die Hammelkeule ab. Löwe verzehrte sie vergnügt.

»Willst du auch etwas abhaben?«, fragte er höflich.

»Ach nein!«, sagte der Sultan. »Und auch für mein Kamel brauchst du nichts aufzuheben, das frisst nur Gemüse.«

»Nun fühle ich mich wieder froh und gestärkt!«, brummte Löwe. »Das war wirklich eine gute Idee.«

»Jetzt wollen wir uns ein bisschen zum Schlafen niederlegen und darüber nachdenken, wie wir hier wieder herauskommen und den Wesir fangen können«, sagte der Sultan.

Ein neuer Sultan mit Koffer

Das Kamel lag in seinem großen Himmelbett und träumte. Es träumte, dass jemand käme und ihm einen Strick um den Hals bände, um es wegzuführen. Und dieser Jemand war der Großwesir.

»Steh auf, Kamel!«, sagte der Großwesir.

Das Kamel schlug die Augen auf und sah, dass es nicht träumte.

»Los, los, Kamel!«, rief er. »Der Sultan wartet schon in bester Gesellschaft.«

Da half dem Kamel nichts; der Strick war viel zu stark. Es wurde aus dem Palast hinausgeführt auf das Landgut. Und als es dort ankam, war es Morgen. Vor dem Kellerfenster ging ein großer Soldat in roten Hosen auf und ab, mit einem langen Säbel

in der Hand. In der Halle aber saßen alle Verschwörer und ihre Freunde und hielten ein großes Festmahl, weil sie nun den Sultan gefangen hatten und der Großwesir Sultan werden sollte. Da wollten sie alle Minister werden und sich das ganze Geld aus der Schatzkammer des Sultans nehmen.

»He, hallo!«, schrien sie, als der Großwesir hereinkam. »Da kommt ja unser verehrtes Kamel! Unser lieber Ratgeber! Das Kamel soll mit uns feiern, ehe wir es in den Keller stoßen und dem Löwen zum Fraß vorwerfen!«

Das Kamel wurde auf einen Stuhl gesetzt, sie zogen es an den Ohren, an den Haaren und kniffen es in die Seite.

Es schaute traurig zu Boden.

Im selben Augenblick – die Sonne ging gerade auf und vergoldete die Spitzen und Kuppeln der Stadt – ging ein Sultan, der unter seinen prächtigen

Kleidern Doks Körper hatte, mit einem kleinen Handkoffer in den Sultanspalast.

Dok wunderte sich, als er in das Gemach des Sultans trat. »Merkwürdig, merkwürdig! Der Sultan ist schon fortgegangen, um sich die Beine zu vertreten, und die Verschwörer scheinen schon in die Grube gefallen zu sein, sind aber nicht mehr drin; das kommt mir alles sehr komisch vor. Das Beste wird sein, ich warte hier ab, was geschieht.«

Dok setzte sich in dem großen Gemach auf den Koffer. In dem Koffer hatte er seine europäischen Kleider.

»Statt hier auf dem Koffer zu sitzen hätte ich natürlich schön im Hotelbett schlafen können«, brummte er.

Er hatte nicht lange Zeit zu brummen, denn der Kammerdiener des Sultans kam herein. Und kaum sah er den falschen Sultan da sitzen, warf er sich auf den Boden und stammelte: »Ehrwürdiger Sultan, ich begrüße dich! Lass deine Gnade über uns walten …«

Er war einer von den Verschwörern im Palast und hatte eigentlich nur die Klappe wieder zumachen und das Gemach aufräumen wollen.

»Ich hatte nie etwas anderes vor als meine Gnade walten zu lassen«, sagte Dok und erhob gnädig seine Hand. Der Kammerdiener stolperte rückwärts wieder zur Tür hinaus und dachte dabei erschrocken: Das ist doch merkwürdig ... Ein Sultan ist dem Löwen vorgeworfen worden und der Großwesir feiert schon seinen Sieg und inzwischen kommt ein neuer Sultan mit einem Lederkoffer hier angereist ...

Er zog sich seine schnellsten Pantoffeln an und sauste aus der Stadt. Außer Atem kam er bei den Verschwörern an, die sehr lustig waren, weil sie zu viel Wein getrunken hatten. Sie hielten sich an den Händen und tanzten einen Reigen um das traurige Kamel.

»Ein neuer Sultan ist im Palast! Er ist in der Nacht hergereist und sitzt jetzt auf seinem Koffer und lässt seine Gnade über uns walten!«, rief der Kammerdiener.

»Gerechtester aller Pantoffeln!«, rief der Großwesir.

»Ja, und er hat die Kleider des richtigen Sultans an«, rief der Kammerdiener. »Ich kenne sie ja, weil ich sie ihm doch jeden Morgen angezogen habe. Aber diesem habe ich sie nicht angezogen. Es ist also auch nicht der richtige Sultan.«

»Nein«, schrien die Verschwörer, »denn der richtige Sultan ist im Keller und schon längst vom Löwen gefressen worden!«

Der Großwesir fasste sich zuerst. »Das ist ja hervorragend!«, rief er. »Das ist ja eine wunderbare

Sache! Ich eile sofort mit vier bewaffneten Männern in den Palast und ihr werft inzwischen das Kamel dem Löwen vor. Achtet mir darauf, dass niemand an den Löwenkeller herankommt! Der Löwe darf nichts verraten, deshalb müssen wir auch ihn umbringen, wenn er das Kamel gefressen hat.«

Nachdem er das gesagt hatte, eilte er mit den bewaffneten Männern zurück in den Palast zu Dok, dem falschen Sultan.

Löwe und der Sultan erwachten, als die Männer mit dem Kamel die Treppe heruntergepoltert kamen.

»Das Kamel kommt!«, sagte der Sultan. »Hoffentlich ist es noch ganz!«

»Stell dich tot, leg dich in die Ecke!«, sagte Löwe. »Ich setze mich so über dich, dass jeder denken muss, ich hätte dich gefressen.«

Der Sultan legte sich ins Stroh und Löwe setzte sich neben ihn und legte ihm die Pranke auf die

Brust und brüllte und leckte sich die Schnauze. Es sah sehr gefährlich aus. Und dann wurde der obere Teil der Tür aufgerissen und das Kamel wurde mit dem Kopf voran von vielen Männerfäusten hinübergehoben.

»Der Sultan ist schon gefressen!«, sagten sie, als sie hineingeschaut hatten. »Hier kommt der Nachtisch, Löwe!« Rasch schlugen sie die Klappe wieder zu.

»Mach nur schnell«, flüsterte das Kamel, weil es dachte, der Löwe würde es gleich fressen, und da wollte es gar nicht erst lange Angst haben. Aber der Sultan und Löwe konnten es schnell wieder aufheitern.

»Ich sage euch«, sagte das Kamel und zeigte seine weißen Zähne, »in ganz kurzer Zeit werden wir auch den Doktor bei uns haben. Wer weiß, was daraus noch alles wird!«

Nun, vorläufig wurde nichts daraus, denn der Großwesir war in das Gemach des Sultans eingedrungen und hatte Dok verhaftet. »Ruft das Volk

vor dem Palast zusammen!«, schrie er und fuchtelte wild mit dem Säbel.

Die Militärkapelle wurde aufgestellt, mit mächtigen Pauken und Trompeten tönte das Signal: Sultanier vor den Palast!

»Lassen Sie mich sofort frei!«, rief Dok, aber der Großwesir ließ ihn nur noch fester binden und führte ihn auf den Balkon.

Unten war schon alles zusammengelaufen. Kopf an Kopf standen die Sultanier.

»Treues Volk!«, rief der Großwesir. »Ich habe eine schreckliche Nachricht! Unser geliebter Sultan weilt nicht mehr unter uns. Dieser Verbrecher hier hat ihn dem Löwen zum Fraß vorgeworfen!«

»Hu-hu-hu!«, schrien die Leute.

»Er wollte selber Sultan werden! Aber wir werden ihn seiner gerechten Strafe zuführen!«

»Ich bin unschuldig!«, rief Dok.

»Schweig!«, schrie der Großwesir.

»Wir werden diesen Verbrecher vor ein Gericht stellen und dann vom Minarett stoßen! Als Erstes ordne ich eine dreitägige Staatstrauer an!«

»Der Sultan ist tot! Es lebe der Großwesir!«, riefen die Wachen und die Kapelle spielte einen sehr lauten Marsch.

Nun wurde Dok in das finstere Verlies des Palastes gebracht – die Fesseln hatte man ihm wieder abgenommen. Dort war es dunkel und feucht, er hatte nur eine Pritsche, nicht einmal seinen Koffer. So ein Gauner!, dachte Dok. Zugleich aber grübelte er darüber nach, wie er sich befreien und wie er Kim, Pips und Wu eine Nachricht geben könnte.

Mitten unter den Leuten war aber Totokatapi gewesen und der rannte ins Hotel, um Kim und Pips zu warnen.

»Zuerst müssen wir dem Doktor Nachricht geben«, sagte Pips. »Und dann müssen wir Löwe und den Sultan suchen. Ich glaube nämlich nicht, dass Löwe den Sultan gefressen hat; wenn es unser Löwe ist und wenn der Sultan rechtzeitig von mir gesprochen hat …«

»Ich hätte jedenfalls keinen gebissen, der von dir gekommen wäre!«, sagte Wu. »Aber bei Löwe ist es nicht so sicher. Trotzdem hat Pips Recht. Und deshalb muss jemand sehr Kleines, auf den niemand achtet, sich auf den Weg machen, um Dok und Löwe zu suchen! Und dieser jemand Kleines werde ich sein!«

»Gut«, sagte Kim. »Und wir warten hier. Und Totokatapi wird am Hoteleingang aufpassen und sofort pfeifen, wenn er etwas Verdächtiges bemerkt.«

Wu wollte zuerst zum Palast, wo Dok im Gefängnis lag. Er machte sich so klein, wie er konnte, denn er dachte, dass jedermann nach ihm schauen würde. Aber niemand achtete auf ihn. Die Männer standen in ihren weißen Burnussen zusammen und besprachen die aufregenden Ereignisse.

Viele Gerüche stiegen Wu in die Nase, aber er suchte nur nach Dok. Endlich kam er an ein winziges Gitterloch, dahinter musste Dok sein. Seine Nase hatte ihn noch nie betrogen. Doch unten war es ganz still.

»Wu«, machte Wu leise. »Dok! Ich bin hier, Wu!«

»Ach, Wu!«, flüsterte Dok hinter dem Gitter.

»Wir müssen vorsichtig sein«, japste Wu. »Wir sind alle gesund und Pips und Kim wollen dir helfen. Wir müssen aber erst sehen, wo Löwe ist und ob der Sultan noch lebt!«

»Ich habe es gehört«, flüsterte Dok. »Löwe muss auf dem Landgut des Großwesirs sein und dorthin hat man auch den Sultan und das Kamel gebracht.«

»Vielen Dank, Dok!«, kläffte Wu. »Nun werde ich ihn auch bald finden und dann können wir ihn befreien, und mit Löwe zusammen werden wir auch dir helfen können!«

»Guter Wu!«, sagte Dok. »Beeile dich, mach dir um mich keine Sorgen. Ich habe mir schon was ausgedacht, wie ich mir vielleicht auch selber helfen kann.«

Wu hatte genug gehört. Er jagte mit flatterndem Schwanz zu Totokatapi vor das Hotelportal. »Alles in Ordnung, Totokatapi?«, fragte er.

Totokatapi sagte: »Alles in Ordnung.«

»Pass auf, Totokatapi«, sagte Wu. »Dok ist wohlauf und der Sultan und das Kamel sind auf das Landgut des Großwesirs gebracht worden, wo auch Löwe sein soll. Ich laufe jetzt rasch voraus. Komm du mit Pips und Kim langsam und unauffällig hinterher, damit wir zusammen den Sultan, das Kamel und Löwe befreien können.«

Wu sauste wieder davon, immer der großen Straße nach, und Totokatapi lief ins Hotel, um Kim und Pips zu holen.

»Ja«, sagte Kim, »aber wenn wir unerkannt über die Straße gehen sollen, dann müssen wir anders aussehen, als wir jetzt aussehen.«

»Ich weiß, was wir machen!«, rief Totokatapi. »Ich verkleide euch mit alten Kleidern und die Gesichter male ich euch braun an und dann seht ihr wie alle anderen hier aus!«

Nicht lange danach strolchten drei Sultanierkinder über die staubige Landstraße zum Landgut des Großwesirs. Voraus lief ein zerlumpter Bub in Bastsandalen. Er hatte einen großen Sack auf dem Rücken mit einer Strickleiter drin. Hinter ihm ging ein anderer Junge barfuß, seine Haare waren verstruwwelt. Und mit ihnen ging ein Mädchen, das war ganz in ein altes schwarzes Tuch gehüllt, nur die Augen schauten heraus.

Wu hatte inzwischen das Landgut des Großwesirs erreicht und schlich sich in den Hof wie ein Hund, der gerne ein Huhn fangen möchte. Er sah aber kein Huhn, sondern nur einen grimmigen Soldaten, der vor einem Kellerfenster auf und ab ging.

Aha, dachte Wu, wenn Soldaten vor einem Kellerfenster auf und ab gehen, dann sitzen dahinter Gefangene. Aber wie komme ich jetzt an das Fenster heran?

Er lief schnüffelnd näher, aber schon hatte ihn der Soldat erspäht und jagte ihn davon. Wu kläffte. Der Soldat folgte ihm und trat mit dem Fuß nach ihm.

Du bist schön dumm, dachte Wu. Jetzt weiß ich schon, wie ich dich hier wegbekomme!

Er lief aus dem Hof auf die Landstraße, wo er von weitem bei einer alten Zypresse die drei Kinder kommen sah.

»Passt auf!«, sagte Wu. »Ihr müsst euch hinter der Hofmauer verbergen. Es ist nur ein grimmiger Soldat da, und den werde ich weglocken! Dann könnt ihr schnell Löwe, das Kamel und den Sultan herausholen!«

Wu trottete wieder kläffend in den Hof.

»Es sollte mich doch wundern, wenn das, was wir da draußen hören, nicht Wus Stimme ist«, sagte das Kamel.

»Wenn aber Wu hier ist, dann sind vielleicht auch die anderen da«, sagte Löwe. »Deshalb jetzt aufgepasst! Sultan, es wäre sehr gut, wenn einer aus der Ritze des Kellerfensters hinausschauen könnte, um zu sehen, was passiert!«

»Nur das Kamel ist groß genug dazu!«, sagte der Sultan.

Das Kamel klemmte sein linkes Auge vor die Ritze und lugte hinaus. »Ich sehe Wu!«, sagte es aufgeregt. »Wu läuft auf den Soldaten zu und zupft ihn am Hosenbein. Und der Soldat tritt mit den Füßen nach ihm und sticht mit dem Säbel, aber er trifft ihn nicht. Ja, Wu lockt ihn weg und jetzt läuft er davon und der Soldat rennt hinterher und sie verschwinden in dem kleinen Wäldchen.«

Dann wurde es hell im Kellerloch, denn die Bretter wurden außen beiseite geschoben – und gleich wieder dunkel, denn drei Köpfe schoben sich fast gleichzeitig durch die Öffnung.

»Ach, Pips!«, brummte Löwe. »Wie schön, dass du wieder da bist …«

»Ach, Löwe«, flüsterte Pips. »Wie schön, dass du noch lebst!«

»Wir leben auch noch!«, sagte das Kamel.

»Keine Zeit verlieren!«, befahl der Sultan.

Totokatapi warf die Strickleiter hinab.

»Wie soll ich da heraus?«, fragte das Kamel.

»Du gehst zuerst«, entschied der Sultan. »Wir schieben von hinten.«

So kletterten sie einer nach dem anderen aus dem Keller und kamen auch glücklich aus dem Hof. Und als sie im Wäldchen in Sicherheit waren, stieß Wu zu ihnen.

»Nun rasch in den Palast!«, rief der Sultan.

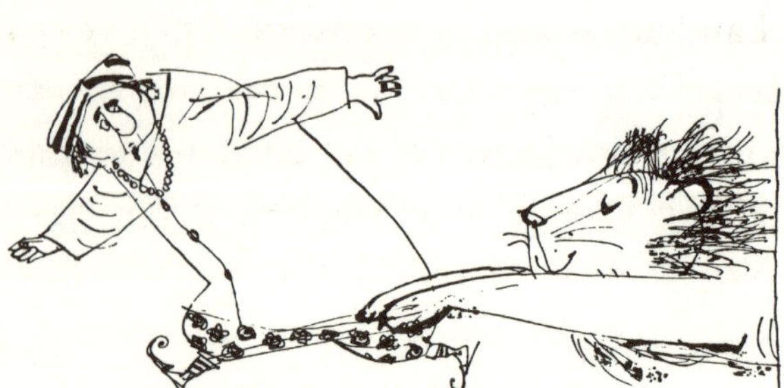

»Es ist besser – noch rascher!«, sagte Wu. »Ehe Dok etwas passiert! Wir haben schrecklich lange gebraucht; es wird schon Abend.«

»Dann laufe ich voraus!«, rief Löwe. »Ich kann am allerschnellsten laufen und ich weiß ja, was für Kleider der Großwesir trägt. Ich werde ihn gleich zerreißen oder auffressen oder jedenfalls so lange gefangen nehmen, bis ihr kommt. Denn ich kann fürchterlich sein!«

»Ach ja, Löwe!«, sagte Pips bewundernd.

So lief Löwe schnell davon und die anderen folgten zu Fuß, das heißt, laufen taten nur die Beine vom Sultan, von Totokatapi und dem Kamel; das Kamel hatte Kim und Pips auf den Rücken genommen.

»Wenn meine treuen Untertanen mich wieder sehen«, sagte der Sultan, »dann ist es aus mit dem Großwesir! Nur unterwegs darf er uns nicht treffen, weil wir hier noch keine Hilfe haben.«

Der Großwesir war aber nicht unterwegs auf sein Landgut, sondern unterwegs in den Gefängniskeller, weil er ein paar Worte mit dem Doktor zu sprechen hatte. Er wollte ihn ganz allein sprechen, deshalb schickte er alle Wachen fort und schloss den Kerker auf.

Was berühmte Ärzte können

Dok saß auf seiner Pritsche und überlegte ... Ein Doktor, der viele Jahre studiert hat und Tiere gesund machen kann, müsste sich auch allein aus einer so schrecklichen Lage befreien können.

Und er dachte auch: Wenn der Großwesir, dieser heimtückische Verschwörer, einmal allein zu mir käme!

Da hörte er draußen schwere Schritte und den Schlüssel, der sich knirschend im Schloss drehte. Dok hatte sich schon an die Dunkelheit gewöhnt, aber der Großwesir brauchte eine Fackel, die er hoch in der Hand hielt.

»Ich komme, um mit dir zu reden!«, sagte er.

»Ich habe dich herbeigewünscht!«, sagte Dok.

»Unsinn! Das kann niemand!«

»Niemand nicht, aber ich kann es, denn ich bin ein berühmter Arzt!«

»So?«, fragte der Großwesir. »Kannst du vielleicht auch Gedanken lesen?«

»Natürlich!«, sagte Dok.

Der Großwesir lachte. »Es geziemt sich für dich, aufzustehen. Mach Platz, ich will mich hier hinsetzen!«

Umso besser, dachte der Doktor.

Er stand auf. Der Großwesir setzte sich auf die Pritsche, hielt das Krummschwert mit der Faust fest und stellte die Füße kräftig auf den Boden. »Also, nun zeig mal, was du kannst«, sagte er. »Weshalb bin ich hergekommen?«

»Du bist hergekommen, um mir zu sagen, dass ich öffentlich bekennen soll den Sultan umgebracht zu haben.«

Der Großwesir wurde bleich. »Woher weißt du das?«

»Ich weiß noch mehr«, sagte Dok. »Du willst mir die Freiheit versprechen, wenn ich das tue. Zwar willst du mir vor allen Leuten den Prozess machen und mich dazu verurteilen, vom Minarett gestürzt zu werden, aber du willst mir versprechen mich nachher heimlich freizulassen.«

»Das ist ja ganz und gar unheimlich!«, krächzte der Großwesir. »Du bist wirklich ein gelehrter Mann. – Und was sagst du zu meinen Plänen?«

»Dass es ganz dumme Pläne sind«, sagte Dok und sah den Großwesir furchtlos an. »Weil du geglaubt hast, dass ich dir auf den Leim gehe, denn ich weiß ja, dass du mich gar nicht freilassen würdest, sondern du würdest mich später doch umbringen!«

Dok blickte dem Großwesir ruhig in die Augen und der Großwesir konnte nicht anders, er musste

Dok auch ruhig und fest in die Augen sehen. Er sah immerzu diese Augen und nur diese Augen, ihm wurde immer schläfriger und schläfriger zu Mute. Er steckte die Fackel in einen dafür vorgesehenen Ring an der Wand.

»Du musst jetzt schlafen«, sagte Dok, »denn du bist sehr müde von der anstrengenden Verschwörung …«

»Ja, das ist wahr …« Der Großwesir gähnte. »Ich bin sehr müde!«

»Siehst du«, sagte Dok mit ganz ruhiger Stimme. »Siehst du, du wirst immer müder. Du musst alles tun, was ich von dir will. Mach jetzt die Augen zu!« Dok fuhr dem Großwesir mit der flachen Hand über die Stirn und der Großwesir machte die Augen zu. »Das ist doch merkwürdig«, murmelte er, »ich habe gar nicht gewusst, dass ich so müde bin.«

»Jaja«, murmelte Dok. »Du willst dich jetzt hinlegen und tief schlafen. Aber vorher musst du natürlich deine Kleider ausziehen.«

»Natürlich muss ich meine Kleider ausziehen«, murmelte der Großwesir ganz verschlafen. »Ich bin so müde – ich glaube, du weiser Doktor musst mir dabei helfen.«

»Aber natürlich helfe ich dir!«, sagte Dok.

Wie gut, dass der Großwesir alle Wächter weggeschickt hatte, denn wenn jetzt einer durch die Klappe geschaut hätte, dann hätte er einen Doktor gesehen, der dem Großwesir die Kleider auszog. Nur in Hemd und Unterhosen legte der sich auf die Pritsche nieder und schnarchte gleich fest.

»So, schlaf du nur schön – und lange«, sagte Dok zu dem Großwesir und drückte ihm noch einmal die Hand auf die Augen. Und zu sich selbst sagte er: »Und du, weiser Doktor, verwandelst dich jetzt von einem Sultan in einen Großwesir und als Großwesir wirst du dieses Gefängnis unangefochten verlassen und in das Gemach des Sultans gehen. Dort wird hoffentlich noch dein Koffer stehen und in dem werden deine richtigen Kleider sein, und wenn du die dann angezogen hast, kannst du als Doktor den Palast verlassen, den du als Sultan betreten hast.«

So zog er sich um.

Dok verließ das Gefängnis und schlenderte ge-

mütlich an den Wachen vorüber, die mit den Säbeln salutierten. Er schlenderte geradewegs in das Gemach des Sultans.

»Nun, gottlob, da steht auch noch mein kleiner Koffer«, seufzte Dok und machte den Deckel auf. »Meine lieben, gemütlichen alten Sachen; wie schön, dass ich euch jetzt wieder anziehen kann!«

Er drehte den Koffer um, so dass alles auf den Boden fiel, alles, seine Hose, sein Hemd und seine Jacke – da stürzte Löwe zur Tür herein!

Löwe sah einen Mann, der die Kleider des Großwesirs trug, und sah vor ihm auf dem Boden Doks Kleider. Ich bin zu spät gekommen, dachte er, der Großwesir hat den Doktor gefressen.

»Guten Tag, Löwe«, wollte Dok sagen.

Aber Löwe ließ ihm keine Zeit dazu. – Bums!, machte der Doktor und lag auf dem Boden und Löwe stand über ihm und presste ihm beide Pfoten auf die Brust.

»Na, hör mal ...«, rief Dok.

»Du hast den Doktor gefressen!«, brüllte Löwe. »Hier sind seine Kleider. Die hast du übrig gelassen. Deshalb werde ich dich jetzt fressen!«

»Aber ich bin doch Dok!«, versuchte Dok zu murmeln. »Warte doch, Löwe!«

»Du bist der gefährlichste Bursche der Welt«, brüllte Löwe. »Und ich wäre schön dumm, wenn ich dich leben ließe!«

»Aber wirklich ... ich ...«

»Sei bloß still!« Löwe machte seinen Rachen auf und ließ seine spitzen, großen Zähne sehen – da kamen Schritte und nach den Schritten und um sie herum noch mehr Schritte und Stimmen, die riefen: »Unser Sultan lebt! Es lebe unser Sultan! Hoch lebe der Sultan und das Kamel! Hoch seine tapferen Befreier!«

Durch die Tür kam die Karawane des Sultans und hinter ihm viele treue Untertanen.

»Hurra, hier ist Löwe!«, riefen alle, die den Löwen kannten: der Sultan, Pips, Kim, Wu und Totokatapi.

»Ja, hier bin ich und fresse gerade den Großwesir, denn er hat den guten Doktor schon umgebracht!«, brüllte Löwe.

Die Leute wichen an die Wand zurück, als sie Löwe so brüllen hörten; es sah aber auch zu schrecklich aus, wie die Beine, die in den Kleidern des Großwesirs steckten, unter dem Löwen hervorschauten und Doks leere Kleider herumlagen und sonst nichts zu sehen war. Da rief das, was nicht zu sehen war, nämlich Doks Kopf, so laut es konnte: »Pips!«

Und Pips schrie: »Dok! Dok!« Und sprang vom Kamel herunter und umarmte das, was auf dem Boden lag. Und Löwe machte ein sehr dummes Gesicht und stieg von Dok herunter und setzte sich daneben.

»Wer soll sich da noch auskennen!«, sagte er.

Man umarmte sich und war fröhlich.

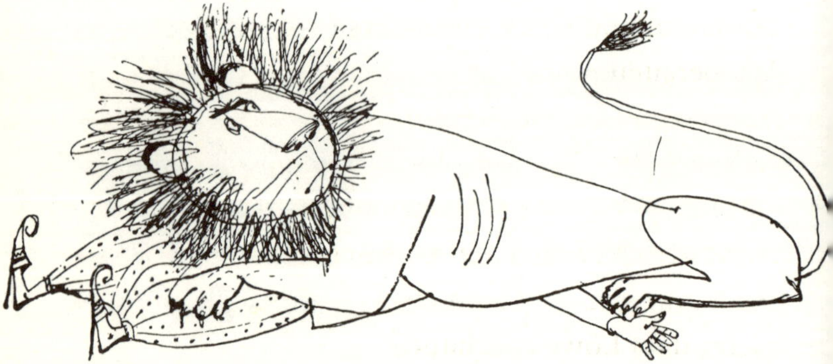

»Und wo ist nun der Verschwörer wirklich?«, wollte das Kamel wissen.

»Eingesperrt im Gefängnis!«, sagte Dok.

»Aber wenn ihr glaubt, dass ich den nun fresse, dann habt ihr euch geirrt!«, sagte Löwe. »Ich habe keinen Appetit mehr!«

»Niemand wird mehr gefressen!«, sagte der Sultan. »Der Verschwörer soll im Gefängnis bleiben, bis wir ein ordentliches Gericht abhalten und ihn in die Wüste verbannen, ihn und alle, die ihm geholfen haben!«

»Gut, gut!«, kläffte Wu. »Aber auch wenn Löwe keinen Appetit mehr hat, ich habe schon Appetit; denn ich habe ja nicht gemütlich im warmen Keller bei Hammelkeule und netter Gesellschaft gesessen, sondern ich bin hierhin und dorthin gerannt und habe mich in Gefahr begeben, um verschiedene Leute zu retten!«

»Jawohl!«, rief der Sultan. »Lasst ein Festmahl anrichten und einen besonders schönen Braten für Wu bereiten.«

»Endlich mal ein vernünftiger Gedanke!«, meinte Wu.

»Ach, Wu ...«, sagte Pips und nahm ihn auf den Arm. »Du bist doch ein Goldschatz!«

»Nun, nun«, brummte Wu verlegen. »Vergiss nicht, dass Löwe zuschaut.«

Ja, richtig, Löwe!

»Bleibst du nun bei uns?«

»Ich glaube, ein bisschen ...«, sagte Löwe. »Aber später gehe ich doch in den Urwald zurück.«

»Eine gute Idee!«, rief der Sultan. »Bleibt als meine liebsten Gäste auf dem Landgut des Großwesirs. Bleibt dort und lasst es euch gut gehen, solange ihr wollt! Und dann besuchen wir uns gegenseitig!«

»Wunderbar!«, rief Dok. »Eine kleine Erholung wird uns allen gut tun, ehe wir wieder nach Hause fliegen.«

»Ihr kriegt alle den großen Orden vom goldenen Turban und Totokatapi wird mein Leibdiener!«, sagte der Sultan. »Und jetzt auf zum fröhlichen Festmahl!«

»Und danach ins Bett!«, sagte das Kamel.

»Aber bitte, träume nicht wieder so schreckliche Sachen!«, rief der Sultan.

Alle lachten und waren guter Dinge.

Sie saßen an einer riesigen Tafel, die mit den erlesensten Genüssen bedeckt war, und aßen und tranken.

»Ich danke meinen tapferen Rettern!«, rief der Sultan und erhob sein Glas.

»Wir danken dem Sultan!«, sagte Dok und erhob auch sein Glas.

»Und wir freuen uns, eine Weile bei ihm sein zu können!«, rief Kim und erhob auch sein Glas.

Pips saß neben Löwe und hatte ihre Hand auf seine Pfote gelegt.

»Nun sieh dir das nur an!«, sagte Wu zum Kamel, während er einen großen Knochen bearbeitete. »Diese Mädchen sind doch zu merkwürdig! Ich denke immerzu darüber nach, aber ich kann und kann nicht darauf kommen, was sie so Besonderes an ihm findet!«

Das Kamel legte den Apfel beiseite, an dem es gerade kaute, und sagte: »Das kannst du auch nie begreifen, Wu. Vielleicht träumst du es einmal ...!«

»Vielleicht!«, sagte Wu. »Sag einmal, Kamel, isst du eigentlich nie Fleisch?«

»Nie!«, sagte das Kamel.

»Drum!«, brummte Wu.

»Was, drum?«

»Nun«, sagte Wu, »das ist doch wenigstens etwas, was ich mit Löwe gemeinsam habe!«

In diesem Augenblick ging die Tür auf und ein greller Blitz flammte auf. Da stand der schlaksige junge Mann mit der Pfeife im Mund und dem Fotoapparat, lachte und sagte: »Ein Bild für die Presse! Ich habe es ja gleich gesagt, dass ich wieder zur Stelle bin, wenn sich etwas Neues ereignet!«

»Schließt die Türen!«, rief der Sultan. »Wir wollen jetzt unter uns sein!«

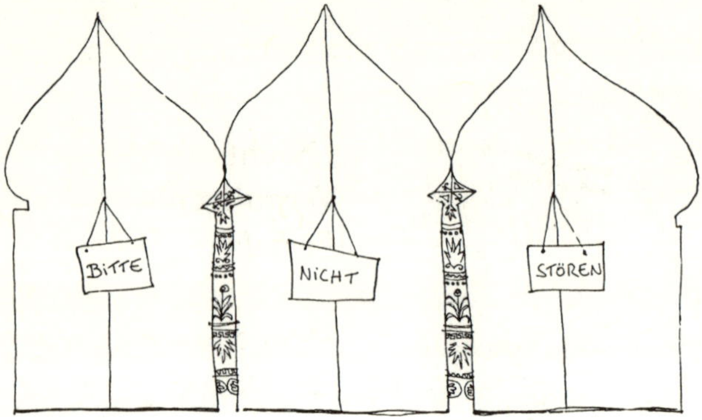

Kinderbuchklassiker von Max Kruse

Max Kruses Löwe-Bücher sind längst zu Kinderbuchklassikern geworden. Die Augsburger Puppenkiste hat mit den liebenswerten Verfilmungen seiner Geschichten Millionen von Kindern und Erwachsenen begeistert.

ISBN 3 522 16885 2

ISBN 3 522 16884 4

ISBN 3 522 16914 X

ISBN 3 522 16915 8

ISBN 3 522 16946 8

Alle Löwe-Bände
160 Seiten mit
Illustrationen
von Horst Lemke

THIENEMANN